Glücksmomente

Glücks~momente

Frühlingsgeschichten, die gut tun

benno

Bibliografische Information der Deutschen Nationalbibliothek
Die Deutsche Nationalbibliothek verzeichnet diese Publikation
in der Deutschen Nationalbibliografie;
detaillierte bibliografische Daten sind im Internet über
http://dnb.d-nb.de abrufbar.

Bildnachweis
S. 7, S. 82: © Nenilkime/Shutterstock; S. 35: © Yulia Petrova/
Shutterstock; S. 59: © Fears/Shutterstock

Besuchen Sie uns im Internet unter:
www.st-benno.de

Gern informieren wir Sie unverbindlich und aktuell auch in
unserem Newsletter zum Verlagsprogramm, zu Neuerscheinungen
und Aktionen. Einfach anmelden unter www.vivat.de.

ISBN 978-3-7462-6295-6

© St. Benno Verlag GmbH, Leipzig
Zusammenstellung: Volker Bauch, Gößnitz
Covergestaltung: Grit Fiedler, Visulabor GbR, Berlin/Leipzig
Covermotiv: © stock.adobe.com/ovaleeva
Gesamtherstellung: Kontext, Dresden (B)

Inhaltsverzeichnis

Vorfrühlingsgefühle

Vorfrühling

Härte schwand. Auf einmal legt sich Schonung
an der Wiesen aufgedecktes Grau.
Kleine Wasser ändern die Betonung.
Zärtlichkeiten, ungenau,

greifen nach der Erde aus dem Raum.
Wege gehen weit ins Land und zeigens.
Unvermutet siehst du seines Steigens
Ausdruck in dem leeren Baum.

Rainer Maria Rilke

Der Frühling,
die schönste Jahreszeit

Der Frühling, auch „Lenz" genannt, ist die schönste Jahreszeit, die Saison der Kuckuckskonzerte und des Lerchengesanges, der grünen Welt- und Wiesenkostüme und der göttlichen Blütenfabrikation. Es ereignet sich, von Lyrikern in Reimen begrüßt, die bekannte Auferstehung der Natur, welche den Agrariern gehört, aber von diesen sehr menschenfreundlichen Besitzern den Ausflüglern ohne Unterschied der Partei umsonst zur Verfügung gestellt wird.

Die Sonne, ein radikal sozialistischer Leuchtkörper, eines der wenigen Objekte dieser Welt, deren private Ausbeutung deshalb noch nicht gelungen ist, weil es keine Groß-Himmels-Grundbesitzer gibt, diese Sonne nimmt sich die Freiheit, allen Menschen gleich zu leuchten und die dürre Haut des Hungernden ebenso zu wärmen wie den fetten Bauch des Satten. Zu den Objekten in Kommunalbesitz gehören auch noch die bekannten Frühlingswolken, die „linden Lüfte", von denen die deutschen Dichter leben, und der blaue Himmel, hinter dem sich der liebe Gott verbirgt, um ungestört die Bittgesuche der Menschen der Reihe nach zu erledigen.

Die sogenannten Zugvögel, lebendige Symbole der menschlichen Sehnsucht, kehren, unbelehrbar, wie Zugvögel sind, und einem unvernünftigen Drange gehorchend aus den südlichen Ländern nach Europa zurück, das sie eigentlich gar nicht nötig haben. Bei diesen Tieren sind Instinkt und Überlieferung so mächtig, dass sie Konferenzen, Redaktionen, Produktenbörsen gar nicht merken und in harmloser Ahnungslosigkeit dort lieblich zwitschern können, wo der Mensch weinen muss. Diese Vögel zwitschern sogar in der Berliner Siegesallee.

Auch am Kurfürstendamm offenbart sich der Anbruch des Frühlings: Die Bettler enthüllen ihre Gebrechen und die vornehmen Spaziergänger ihre Frühlingstoiletten. Auf den Köpfen der Damen erblühen die neuen Strohhüte in verschiedenen von den Modeberichten vorgeschriebenen Formen. Die Frühlingsluft verursacht Pläne für die Sommerreise, welche die bedeutendste Frühjahrssorge der spekulierenden Menschheit ist.

In den Fabriken und Büros sind die Fenster geöffnet, und die Menschen des Achtstundentages dürfen den Lenz in gesetzlich zulässigen Kubikmetern genießen. Der unbegrenzte Genuss der linden Lüfte ist nur den Auserwählten gestattet und den Arbeitslosen. Jenen behagt es, diese sterben infolge des ungewohnten Vergnügens. Es ist nicht jedermanns Sache, in vollen Zügen zu genießen. So mancher stirbt dahin, weil er Freuden ohne Mittagessen nicht verträgt.

Sorglos aber leben die Auserwählten, der Aprilregen befruchtet die Felder – und Gottes Segen ruht auf ihnen. Sie leben wie die Lilien im Felde, für sie wachsen die Anzüge bei den Schneidern, und alle Mühlen mahlen hygienisches Weißbrot, das der Hausarzt vorschreibt …

Deshalb ist der Frühling die schönste Jahreszeit.

Joseph Roth

Vorfrühling

Stürme brausten über Nacht,
und die kahlen Wipfel troffen.
Frühe war mein Herz erwacht,
schüchtern zwischen Furcht und Hoffen.

Horch, ein trautgeschwätz'ger Ton
dringt zu mir vom Wald hernieder.
Nisten in den Zweigen schon
die geliebten Amseln wieder?

Dort am Weg der weiße Streif –
Zweifelnd frag' ich mein Gemüte:
Ist's ein später Winterreif
oder erste Schlehenblüte?

Paul Heyse

Frühling

Zu meiner Niederlassung in den Wäldern bestimmte mich auch der Umstand, dass ich dort Muße und Gelegenheit finden konnte, den Frühlingseinzug zu beobachten. Endlich fängt das Teicheis an, wie eine Honigscheibe auszusehen. Ich kann meinen Schuhabsatz hineinbohren, wenn ich hinübergehe. Nebel, Regenschauer und wärmere Strahlen schmelzen allmählich den Schnee. Die Tage sind schon merklich länger geworden. Ich weiß jetzt, dass ich in diesem Winter meinen Holzvorrat nicht mehr zu ergänzen brauche. Großer Feuer bedarf es nicht mehr. Aufmerksam fahnde ich nach dem ersten Anzeichen des Frühlings, nach dem ersten verlorenen Zwitschern eines ankommenden Vogels, nach dem Gezirpe des gestreiften Eichhörnchens – denn sein Proviant muss jetzt beinahe verzehrt sein –, nach dem ersten Ausfall des Murmeltieres aus seinem Winterlager. Schon hatte ich die blaue

Grasmücke, den Singsperling und die Weindrossel gehört, und doch war am 13. März das Eis noch fast einen Fuß dick. Als wärmeres Wetter eintrat, wurde es nicht auffallend vom Wasser weggefressen, brach auch nicht auf und wurde nicht wie in Flüssen fortgetrieben. Am Ufer war es zwar in einer Ausdehnung von ungefähr 1¾ Metern ganz weggeschmolzen, in der Mitte dagegen hielt es stand, sah zellig aus und war mit Wasser so sehr durchtränkt, dass man seinen Fuß selbst dort, wo es sechs Zoll dick war, hindurchstoßen konnte. Am nächsten Tage war es – vielleicht durch einen warmen Regen, dem Nebel folgte – ganz verschwunden, mit dem Nebel auf und davon – ins Nebel entführt. Einmal war ich sogar noch über die Mitte gegangen fünf Tage bevor es gänzlich verschwunden war.

Selten hatte ich größere Freude an der Beobachtung einer Naturerscheinung als beim Anblick jener Formen, welche im auftauenden Sand und Ton zutage traten, wenn Sand oder Ton an den Seiten eines tiefen Eisenbahnhohlweges, an welchem ich auf meinem Wege zum Dorf vor-

beikam, herabflossen. In solch großem Maßstabe
sieht man dieses Phänomen nicht sehr häufig,
obwohl die Anzahl frisch aufgeworfener Dämme
aus diesem Material sich seit der Erfindung der
Eisenbahnen sehr vermehrt haben muss. Das Material bestand aus Sand in allen Feinheitsgraden
und in verschiedenen warmen Farben, meistens
mit ein wenig Ton vermischt. Wenn die Kälte im
Frühjahr nachlässt, ja selbst an einem Tautag im
Winter beginnt der Sand die Abhänge hinunter-
zufließen wie Lava, wobei er bisweilen durch den
Schnee hindurchbricht und ihn dort, wo bisweilen kein Sand zu sehen war, überschwemmt.
Zahllose kleine Bäche überspringen einander,
verflechten sich miteinander, wodurch ein hy-
brides Gebilde entsteht, das halb dem Gesetz der
Strömung, halb dem der Vegetation gehorcht.
Beim Fließen nimmt es die Gestalt saftiger Blätter
oder Ranken an, bildet Haufen weicher Zweige,
die mehr als einen Fuß dick sind und die, wenn
man auf sie niedersieht, dem ausgezackten ge-
lappten und dachziegelförmigen Thallus einiger
Flechten gleichen. Oder man wird an Krallen

erinnert, an Leopardentatzen oder Vogelfüße, an Hirn, Lungen oder Gedärme, an Exkremente aller Art. Es ist wirklich eine groteske Vegetation, deren Form und Farbe wir in Bronze nachgeahmt sehen, eine Art architektonisches Laubwerk, älter und typischer als Akanthus, Zichorie, Efeu, Rebe oder irgendein Pflanzenblatt. Vielleicht ist sie dazu bestimmt, unter gewissen Umständen den Geologen der Zukunft Rätsel aufzugeben. Der ganze Hohlweg machte auf mich den Eindruck einer mit Tageslicht überfluteten Stalaktitenhöhle. Die mannigfachen Schattierungen des Sandes sind auffallend reich und ansprechend. Sie umfassen die verschiedenen Eisenfarben, braun, grau, gelblich und rötlich. Wenn die flutende Masse den Graben erreicht, so breitet sie sich flacher in Strähnen aus. Die getrennten Ströme verlieren ihre halbzylindrische Form, werden allmählich flacher und breiter und vereinigen sich, sobald mehr Feuchtigkeit sie durchdringt, so dass sie schließlich einen flachen Strand bilden, der noch immer mannigfaltig und prächtig schattiert ist, und in dem man noch die ursprüngliche

Pflanzenform zu erkennen vermag. Schließlich werden sie im Wasser zu Sand, zu Sandbänken, wie sie sich vor Flussmündungen bilden. Dann verliert sich die Pflanzenform in den welligen Erhebungen des Grundes.

Die ganze etwa zwanzig bis dreißig Fuß hohe Böschung ist an einer Seite und bisweilen gar an zwei Seiten mit Massen dieses Blätterwerkes oder dieses „Sandbruches" eine viertel Meile lang bedeckt. Sie alle schuf ein einziger Frühlingstag. Dieses Sandlaub ist deswegen so merkwürdig, weil es so außerordentlich schnell sich entfaltet. Wenn ich an der einen Seite die träge Dammböschung entlang sehe – denn die Sonne arbeitet zuerst nur an einer Seite – und an der anderen dieses üppige Laubwerk erblicke, so habe ich das Gefühl, als ob ich gewissermaßen in der Werkstatt jenes Künstlers stände, der die Welt und mich geschaffen hat, als ob ich zu ihm gekommen sei, während er noch bei der Arbeit ist und gerade diese Böschung spielend schafft, im Übermaß der Kraft neue Ornamente hier verstreuend. Ich habe das Gefühl, als ob ich den Eingeweiden des Erdballes näher stehe, denn diese sandige Überschwemmung ist gewissermaßen eine solch verzweigte Masse wie die Eingeweide des animalischen Körpers. So findet man also sogar im Sand eine Antizipierung des Pflanzenblattes. Kein Wunder, dass die Erde sich nach außen in Blättern ausspricht, da in ihr dieser Gedanke wohnt.

Als der Boden teilweise schneefrei war und einige warme Tage seine Oberfläche etwas getrocknet hatten, war es ein Genuss, die ersten zarten Zeichen des eben aus der Erde hervorlugenden, neugeborenen Jahres mit der stolzen Schönheit der verdorrten Vegetation zu vergleichen, welche den Winter überdauert hatte. Immergrün, Goldstab, die Spierstaude und anmutiges, wildes Gras fallen jetzt mehr auf, erwecken jetzt mehr Interesse als im Sommer, als ob ihre Schönheit erst jetzt zu voller Reife gelangt sei. Und das Wall- und Katzenschwanzgras, Wollkraut, Beifuß-, Nadel- und Mehlkraut und andere Pflanzen mit derbem Stängel, diese unerschöpflichen Kornspeicher, welche den ersten Vögeln Nahrung gewähren, gleichen dem bescheidenen Gewand, das die verwitwete Natur zunächst noch trägt. Hauptsächlich interessiert mich die gewölbte und garbenartige Spitze des Wollgrases. Sie ruft im Winter den Sommer zurück, und zeigt jene Formen, welche die Kunst mit Vorliebe nachahmt, und welche im Königreich der Pflanzen dieselbe Beziehung zu dem Menschenherzen bereits bekannten Typen haben, wie die Astronomie. Sie gibt einen uralten Stil wieder, der älter ist als der griechische oder der ägyptische. Viele Erscheinungen, die der Winter mit sich bringt, sind unaussprechlich zart, zerbrechlich und zierlich. Wir sind daran gewöhnt, dass dieser König als ein wilder, ungebändigter Tyrann geschildert wird. Er schmückt jedoch mit der Zärtlichkeit eines Verliebten des Sommers Locken …

Als der Frühling herannahte, kamen – immer gepaart – die roten Eichhörnchen unter mein Haus. Sie liefen über meine Stiefel, wenn ich dasaß und las oder schrieb. Dabei ließen sie das wunderlichste Glucksen und Girren, vokale Pirouettieren und Kichern hören, das ich je vernahm, und wenn ich dann mit den Füßen stampfte, so kicherten sie nur umso lauter, als ob sie mit ihren verrückten Possen jenseits von Furcht und Achtung ständen und der Menschheit das Recht absprächen, ihnen Einhalt zu gebieten … Was fällt Euch denn ein! … Chikaric, Chikarie! … Sie blieben meinen Forderungen gegenüber vollkommen taub, oder konnten ihre Berechtigung nicht einsehen. Sie schimpften dermaßen, dass man ihnen gegenüber machtlos war.

Der erste Sperling des Frühlings! Mit jüngerer Hoffnung denn je beginnt das Jahr! Einen leisen silbernen Triller lassen der Singsperling, die Weindrossel und die blaue Grasmücke über die teilweise noch nackten, feuchten Felder erschallen, als ob die letzten Winterflocken klingend herniederschweben. Wie wertet man in solchen Stunden Geschichte, Chronologien, Traditionen und alle geschriebenen Offenbarungen? Die Bäche singen Lobgesänge und jubeln dem Frühling zu. Tief über die Wiesen hin segelt der Sumpffalke und späht nach dem ersten schleimigen Leben, das hier erwacht. Der ersterbende Ton des schmelzenden Schnees lässt sich überall vernehmen und schnell löst sich das Eis auf den Teichen. An den Hügelhängen flammt das Gras wie ein Frühlingsfeuer empor – „et primatus mimr herba imbribus primoribus evocata" – als ob die Erde ein inneres Feuer nach außen sende, um die Wiederkunft der Sonne zu begrüßen. Nicht gelb, nein grün ist die Farbe dieser Flamme … Das Symbol ewiger Jugend, der Grashalm, quillt wie ein langes, grünes Band aus dem Boden in den Sommer hinein; zwar hat er mit dem Frost zu kämpfen, doch weiter und immer weiter strebend erhebt er seinen dürren Speer vom letzten Jahre in die Lüfte, während frisches Leben unten schon sich regt. Er wächst so stetig wie das Büchlein aus dem Boden sickert, ja, er ist identisch mit ihm. Denn wenn im Juni die langen Tage kommen und die Wässerchen austrocknen, dann sind die Grashalme ihre Kanäle und Jahr aus Jahr ein trinken die Herden diesen unversieglichen, grünen Strom, welchem der Schnitter bei Zeiten seinen Wintervorrat entnimmt. So stirbt auch unser Menschenleben nur bis zur Wurzel ab und schickt dann wieder grüne Sprossen zur Ewigkeit empor.

Walden schmilzt immer mehr. Ein etwa neun Meter breiter Kanal hat sich an seiner Nord- und Westseite gebildet. Ein großes Eisfeld ist von der Hauptmasse abgebröckelt. Im Unterholz am Ufer trillert der Singsperling – olit, olit, olit chip, chip, chip, chic, tschrr chic wiß, wiß, wiß … Auch er hilft beim Eissprengen. Wie herrlich sind die großen, mannigfachen Windungen am Eisrand. Fast gleichen sie denen am Ufer, nur sind sie regelmäßiger. Das Eis ist ungewöhnlich hart infolge der letzten, strengen, wenn auch nur kurze Zeit dauernden Kälte und wohl gereinigt und gewellt wie der Fußboden in einem Palast. Vergeblich streicht indessen der Wind über seine durchsichtige Oberfläche, bis er die lebendige Oberfläche darunter erreicht. Dieses in der Sonne funkelnde Wasserband gewährt einen herrlichen Anblick: es ist das unverhüllte Antlitz des Teiches voll Lust und Jugend, das die Freude der Fische in der Tiefe und des Sandes am Ufer auszudrücken wünscht. Silbern glänzt es wie die Schuppen des leuciscus, als ob es nur ein munterer Fisch wäre. Das ist der Unterschied zwischen Winter und Frühling. Wal-

den war tot und ist wieder zum Leben erwacht
… Allerdings ging das Erwachen in diesem Jahre,
wie ich schon erwähnte, langsamer vonstatten.

Der Umschlag von winterlich stürmischem zu
mildem, heiterem Wetter, von trüben und trägen
zu hellen und tatkräftigen Stunden ist eine denk-
würdige Krisis, welche sich in allen Dingen be-
merkbar macht. Schließlich ist er wie mit einem
Zauberschlage da. Eine Flut von Licht erfüllte
plötzlich mein Haus, obwohl Winterwolken darüber standen, obwohl der Abend nahe war und
aus den Dachtraufen Graupelregen hernieder-
rann. Ich blickte zum Fenster hinaus und – siehe
da: Wo gestern noch kaltes, graues Eis sich befand,
lag jetzt der durchsichtige See bereits in voller
Ruhe und hoffnungsfreudig wie an einem Sommerabend, spiegelte in seinem Schoß einen Sommerabend wieder, obwohl er über ihm noch nicht
sichtbar war. Es war, als ob er mit einem fernen
Horizont im Einvernehmen stände! In der Ferne
hörte ich ein Rotkehlchen. Zum ersten Mal, wie
mich dünkte, seit Jahrtausenden, lauschte ich seinem Lied. Und in vielen Jahrtausenden werde ich

dieses Lied nicht vergessen – den alten süßen bezaubernden Sang aus der Ewigkeit … O, du mein Rotkehlchen, mein Genosse am Sommerabend in Neuengland! Könnte ich doch den Zweig finden, auf dem du dich wiegst! Ich meine gerade dich! Ich meine auch gerade diesen Zweig! Du gehörst sicher nicht zum Stamme turdus migratorius … Die Pechtannen und Zwergeichen bei meinem Hause, die so lange die Köpfe hängen ließen, zeigten plötzlich wieder ihren altgewohntem Charakter, sahen heller, grüner, stolzer, lebensfroher aus, als ob sie durch den Regen wirklich gereinigt und erfrischt wären. Ich wusste, dass es nicht mehr regnen würde. Man braucht nur irgendeinen Zweig im Warde, ja nur den Holzstoß anzusehen, um zu wissen, ob dieser Winter fortzog oder nicht. Als die Dunkelheit herabsank, schreckte mich das Honk-Honk der Wildgänse auf, die dicht über den Baumgipfeln dahinflogen, wie traurige Wanderer, die spät von südlichen Seen heimkehrten und schmerzvolle Klagen und gegenseitige Tröstungen sich zuriefen. Ich stand vor meiner Tür. Ihr Flügelschlag war deutlich zu hören. Doch als sie sich meinem Hause näherten und plötzlich mein Licht sahen, verstummte ihr Geschrei. Sie schwenkten nach dem Teich hin ab und ließen sich auf ihm nieder. Ich ging ins Haus, machte die Tür zu und verbrachte die erste Frühlingsnacht in den Wäldern …

Henry David Thoreau

Grün

Wer an den Frühling denkt, hat Grün vor den Augen. Das ergibt sich von selbst. Oder etwa nicht? Ei, doch! Es wird nicht von Wintergrün oder Herbstgrün gesprochen, sondern von Frühlingsgrün, weil da alles blüht und grünt, überall Gras wächst und Blätter hervorsprießen, die nicht grau oder schwarz oder braun oder violett sind; vielmehr wie? Wir brauchen es nicht extra zu betonen. Jedes kleine Kind weiß es, jedermann weiß es, alle wissen es. Niemand ist, der solches nicht weiß. Es wäre bös und stünde schlimm um jeden, der,,s nicht wüsste.

O wie schön ist Grün. Was für eine frische Farbe. Keine andere Farbe ist so mächtig, so eindrucksreich, so vielversprechend. Braun hat etwas Trockenes. Welke Blätter sind braun. Baumstämme sind braun. Braun ist sonst gut. Ich bin mit Braun sehr einverstanden; denn ich halte es für ehrlich. Schöne Farben sind Gelb und Blau. Gelb sind

Butterblumen; blau ist der Himmel. Rot sind Tulpen und Rosen. Violett sind Veilchen. Im Winter ist alles weiß. Hier haben wir eine andere wichtige Farbe, aber am schönsten ist Grün.

Wo Grün ist, regiert Freude; wenigstens bildet sich,,s der Mensch gerne ein, und er hat recht, dass er das tut. Grün ist wie hoffen und glauben, dass am Ende doch das Schöne und Liebe und Gute in der Welt vorherrsche. Glauben ist größer und stärker als Unglaube; wie Wissen schließlich gescheiter ist als Nichtwissen.

Nun, was kann saftiger sein als Grün? Was kann jünger und lebendiger, fröhlicher und lustiger, treuherziger und friedlicher sein als dies Herrliche, das sich um diese Zeit über alle Länder wirft und spannt gleich einem Siegeszug, nur dass dabei niemand Hurra schreit, sondern jeder nur lächeln und still zufrieden sein darf. Keine Theater-, vielmehr eine wahre Weltvorstellung ist's; denn es zieht sich freundlich durch die ganze Welt hin, das süße Grün. Wenn Wälder wieder grünen und Wiesen voll Gräser sind und die Luft dabei so warm: Wer könnte dann sagen, er sei nicht froh, dass er noch am Leben ist? Wer wäre dann nicht wenigstens eine halbe oder ganze Stunde oder einen Tag lang wahrhaft glücklich?

Robert Walser

Der Frühling kommt aus Cadiz

Ich bin für Ordnung, auch bei den Jahreszeiten. Winter im Winter und Frühling im Frühling. Was für ein unnötiger Ehrgeiz der Floristen, uns zu Weihnachten Gladiolen aus Südafrika einzufliegen. Weißen Flieder – wozu das? Christrosen im Dezember und Maiglöckchen im Mai! Manche schneiden am Barbaratag Zweige vom Kirschbaum, hegen und pflegen sie, rauben den Staren und Amseln köstliche Süßkirschen, pfundweise! Wozu die Eile? Kaum ist der Schnee weg, was sieht man im Vorgarten: die ersten Schneeglöckchen! Diese tapferen Vorboten des Frühlings haben sich allen kommerziellen Verführungen widersetzt; niemand versorgt uns im August mit Schneeglöckchen. Kaum hat man sie gezählt und in Briefen und per Telefon von ihnen berichtet, da kommen schon die ersten gelben Fürwitzchen hervor, deren Familiennamen ich nicht kenne. Nahe der wärmenden Hauswand sprießen bereits die ersten Krokusse, zunächst die gelben, aber bevor man sie vorführen kann, werden sie von den vitaminhungrigen Amseln verspeist. Was reizt sie an der Farbe Gelb? Die männlichen Amseln sind gelbschnäblig, sind da bereits andere Triebe im Spiel?

Eines Morgens ist alles vorbei, der Vorvorfrühling, der in den Vorgärten stattfindet, ist zu Ende: Es schneit. Ich gönne mir einen Besuch im Gewächshaus, es steht im Park Wilhelmshöhe, nahe beim Schloss, eine berühmte frühindustrielle Eisen- und Glaskonstruktion. Schon im Kassenraum blühen mir Narzissen und Primeln entgegen. An den Wänden: blühende Kastanienbäume! Illusionsmalerei, die mich erfreut. Noch eine Tür, und dann: Mimosen, Kamelien, Azaleen, Rhododendron, übereinander, untereinander, ein Rausch an Farben und Düften, schwindelerregend. Wo bin ich? In einem Treibhaus? In einem Übertreibhaus! Solche Ausschweifungen gestatte ich mir allenfalls einmal im Jahr, das Gewächshaus verdirbt die Maßstäbe, wir befinden uns hier in Nordhessen. Die Jahre, in denen ich dem Frühling bis ins Tessin entgegenfuhr, sind vorbei; ich bin ruhiger geworden. Zurück zu den sieben tapferen Schneeglöckchen, die den Winterrückfall überstanden haben.

Der Frühling kommt aus Spanien, aus Cadiz, mit dreißig Kilometer Tagesleistung reist er von Südwest nach Nordost. Seine Fortschritte beobachtet man abends auf dem Bildschirm. Baumblüte an der Bergstraße! Mit überhöhter Geschwindigkeit, im Galopp, erreicht er dann plötzlich Nordhessen. Die Luft riecht anders, schmeckt anders. So schnell kann man nicht blicken und nicht zählen. Wo hat man im November noch rasch eine Handvoll roter Tulpen versteckt, die Zwiebeln meine ich. Es ist wie ein Ostereiersuchen. Hätte man die Rosen beschneiden sollen? Auf drei Augen nach Gärtnerart? Ich halte nichts von Beschneiden. Bei uns wachsen die Rosen mannshoch, man muss sich nicht bücken, um daran zu riechen. Wir sitzen hinter einer Rosenhecke den lieben langen Sommer lang. Ich zähle mein Leben nach Sommern, nicht nach Lenzen. Wie viele noch? In den Vorgärten blühen inzwischen die Forsythien und die

Mandelbäumchen, ein wenig übertrieben, meine ich; das blüht und blüht und bringt doch nichts, keine einzige Mandel im Herbst. Da sind mir die Kirschbäume doch lieber und die Apfelbäume. Diese blühenden Apfelgärten im Mai! Ich rede nicht von unserem Garten, unser Garten ist ein Gärtchen. Der erste Löwenzahn! Die ersten Gänseblümchen, jetzt ist es Zeit, eine „Grüne Soße" herzustellen, das hessische Nationalgericht, von Goethe gelobt. Was fehlt, gibt es bei der Marktfrau: Schnittlauch, Pimpernell, Borretsch, den eigenen Löwenzahn, ein paar Gänseblümchenknospen dazu; elferlei Kräuter sollen es sein, dazu fetter saurer Rahm, frische Pellkartoffeln. Man riecht nicht nur, dass Frühling ist, man schmeckt ihn auch, hat ihn zwischen den Zähnen: Sauerampfer! Wir essen zum ersten Mal auf der Terrasse, einen wärmenden Heizstab im Rücken. Der Garten ist noch durchsichtig, alle Nachbarn können uns sehen. Statt „Guten Tag" rufe ich ihnen „Frühling" zu. „Du übertreibst", sagt Kühner.

Die Nachbarn im Frühling! Während des Winters hat man sich nicht gesehen, und sobald das

Buschwerk sich begrünt, wird man sich nicht mehr sehen, aber jetzt, bei diesen Kontrollgängen, da sieht man sich, tauscht seine Beobachtungen über die Winterschäden aus, verkündet seine Triumphe. Der Lavendel schlägt aus! Großherzig biete ich Ableger an; unter allen Büschen blühen die Veilchen. Es ist nicht leicht, die ersten Veilchen im Garten anzusiedeln, aber noch schwerer ist es, sich ihrer zu erwehren. Wie kommt es, dass Veilchen so gut bei uns gedeihen? Die Amseln nisten! Mehrere Rohbauten haben sie bereits, weil ungeeignet, aufgegeben. Nisten ist ein Vertrauensbeweis. Unser Feuerdorn ist absolut katzensicher. Die erste Hummel! Der erste Kohlweißling. Nein – zwei Hummeln, zwei Kohlweißlinge, und die Enten im Park: paarweise. Und die Schwäne: paarweise – das führt jetzt zu weit.

Während ich noch staune, bewundere, zähle, harken und hacken die Nachbarn bereits.

Christine Brückner

Erste Frühlingsahnung

Rosa Wölkchen überm Wald
wissen noch vom Abendrot dahinter –
überwunden ist der Winter,
Frühling kommt nun bald.

Unterm Monde silberweiß,
zwischen Wipfeln, schwarz und kraus,
flügelt eine Fledermaus
ihren ersten Kreis…

Rosa Wölkchen überm Wald
wissen noch vom Abendrot dahinter –
überwunden ist der Winter,
Frühling kommt nun bald.

Christian Morgenstern

Als alle Knospen sprangen —

Blumenwelten

alle knospen springen auf

alle knospen springen auf
fangen an zu blühen
alle nächte werden hell
fangen an zu glühen
knospen blühen
nächte glühen

alle menschen auf der welt
fangen an zu teilen
alle wunden nah und fern
fangen an zu heilen
menschen teilen
wunden heilen
knospen blühen
nächte glühen

alle augen springen auf
fangen an zu sehen

alle lahmen stehen auf
fangen an zu gehen
augen sehen
lahme gehen
menschen teilen
wunden heilen
knospen blühen
nächte glühen

alle stummen hier und da
fangen an zu grüßen
alle Mauern tot und hart
werden weich und fließen
stumme grüßen
mauern fließen
augen sehen
lahme gehen
menschen teilen
wunden heilen
knospen blühen
nächte glühen

Wilhelm Willms

Der Mandelzweig

Freunde, dass der Mandelzweig
wieder blüht und treibt,
ist das nicht ein Fingerzeig,
dass die Liebe bleibt?
Dass das Leben nicht verging,
so viel Blut auch schreit,
achtet dieses nicht gering
in der trübsten Zeit.
Tausende zerstampft der Krieg,
eine Welt vergeht.
Doch des Lebens Blütensieg
leicht im Winde weht.
Freunde, dass der Mandelzweig
sich in Blüten wiegt,
bleibe uns ein Fingerzeig,
wie das Leben siegt.

Schalom Ben-Chorin

Blütenpracht im Frühling

Wie glücklich war ich! Niemals seit den Tagen, als ich noch zu klein war für den Unterricht und mit meinem zuckerbestreuten 11-Uhr-Brot auf den Rasen hinausgeschickt wurde, der dicht übersät war von Löwenzahn und Gänseblümchen, niemals habe ich eine so vollkommene Zeit erlebt. Der Zucker auf dem Butterbrot hat seinen Reiz verloren, aber Löwenzahn und Gänseblümchen liebe ich sogar noch leidenschaftlicher als damals, und niemals könnte ich es mit ansehen, dass sie alle abgemäht würden, wüsste ich nicht sicher, sie strecken alsbald wieder ihr Gesichtchen nach oben, genauso keck wie eh und je. Während jener sechs Wochen lebte ich in einer Welt von Löwenzahn und eitel Wonne. Der Löwenzahn bedeckte wie ein Teppich die drei Rasenflächen – einst war es Rasen, er ist aber seit Langem zur Wiese erblüht mit allerlei hübschem Unkraut –, und unter und zwischen den Gruppen kahler Eichen und Birken wuchsen scharenweise blaue Leberblümchen, weiße Anemonen, Veilchen und Scharbockskraut. Letzteres entzückte mich besonders mit seinem gefälligen frohen Glanz, so adrett hübsch und frisch lackiert, als hätten auch bei ihm die Anstreicher ihr Werk getan. Als dann die Anemonen verschwunden waren, tauchten vereinzelt Immergrün und Weißwurz auf, und wie auf einen Schlag erblühten all die Vogelkirschen. Und dann, noch ehe ich mich ein wenig an die Freude über ihre Blütenpracht vor dem weiten Himmel gewöhnt hatte, erschien der Flieder – ganze Heerscharen Flieder: in Büscheln über den Rasen verstreut, zusammen mit anderen Sträuchern und Bäumen längs der Wege, und ein großer zusammenhängender Fliederwall zog sich gleich hinter der Westfassade des Hauses dahin, eine halbe Meile lang, so weit der Blick reichte, und hob sich herrlich gegen den Kiefernhintergrund ab. Als dann auch noch, kurz bevor alles vorbei war, die Akazien ihre Blüten zeigten und vier große Büsche blasser silberrötlicher Pfingstrosen unter den Südfenstern aufblühten, war ich so überglücklich, so selig und dankbar, wie ich es gar nicht schildern kann. Meine Tage schienen in einem Traum rosaroten und purpurnen Friedens dahinzuschmelzen.

Elizabeth von Arnim

Florale Sozialfälle

*E*s fängt mit Geschenken an. Was Wurzeln hat und nicht von vornherein als Schnittblumenstrauß die Aussicht auf ein schönes, schnelles Sterben mitbringt, wächst sich zum Problem aus. Das ist ganz wörtlich zu verstehen: Was hat man nicht schon alles zu unerwünschtem Riesenwuchs gebracht! Ich sage nur: Philodendron. Als Geschenk einer eher schwierigen Tante arbeitete er sich ungerührt über Schränke und Wände, verzieh Pflegefehler (die mit der Zeit nicht mehr unabsichtlich waren) – wir schämten uns für die grüne Hölle im Wohnzimmer, weil sie so spießig war. Aber was sollten wir tun.

Gelegentlichen Schnitt vergalt er mit umso freudigerem Wachstum, Trockenperioden bekamen ihm, und als er nach einem Umzug unterwegs verloren gegangen war, hatten alle ein schlechtes Gewissen. Es war nicht auszumachen, wer ihn ausgesetzt hatte. Ich bin sicher, er hat auf dem

Schrank eines unschuldigen Möbelpackers ein
Plätzchen gefunden und hüllt diesen jetzt samt
Familie in seine unverwüstlichen Ranken.
Der Gärtner muss grausam sein, sagt Vita Sack-
ville-West. Ach ja, es ist nicht so, dass man Grau-
samkeit nicht hier und da geübt hätte! Allerdings
nur, um mit feuchten Augen das Usambara-Töpf-
chen wieder aus dem Müll zu holen, an dem man
mitten zwischen Kaffeesatz und Kartoffelschalen
zwei rührende, samtig grüne Blättchen entdeckt
hat: Rettung in letzter Minute! Was schert uns da,
dass wir Usambaraveilchen nicht ausstehen können.
Eine lange Reihe matter Hortensien, struppiger
Azaleen, krautiger Weihnachtssterne und – das
Schrecklichste – vom Lametta befreiter Blaufich-
ten stehen da und erheischen Zuwendung, Für-
sorge und nicht zuletzt Platz. Alle, alle haben Wurzeln und wollen ohne nachdrückliche Sterbehilfe
nicht aus dem Leben gehen. Richtig leben tun
sie auch nicht, aber wer ist schon so herzlos und
macht der Sache ein schnelles Ende? So kränkeln
sie in Treppenhäusern vor sich hin, machen sich

komatös in Waschküchenecken breit, wer ein Gewächshaus sein Eigen nennt, kriegt auch noch die Problempötte der gesamten Bekanntschaft vorbeigebracht.

Natürlich ist die Industrie an diesen Schattenexistenzen schuld. Früher hatte man Azaleen zum Beispiel über drei, vier Generationen, die Blüten wurden jährlich mehr, zählten nach Hunderten, wurden fürs Gärtnerblättchen fotografiert, die Besitzerin daneben: „Schon meine Urgroßmutter" … geschenkt. Azaleen verblühen rasch, nachdem sie die Wasserrechnung erhöht haben, produzieren ein paar trügerische Blättchen, verunzieren im Sommer halbschattige Gartenecken und gehen partout nicht ein. Aber wenn man sich entschlossen hat, endlich mit diesen ganzen ungebetenen Schmarotzern Schluss zu machen, treiben sie ein Blütchen oder zwei, und man wird wieder weich. Sie werden so gezüchtet, damit immer neue gekauft werden. Dass man die Moribunden behält, ist in der modernen Pflanzenzucht- und -verkaufsphilosophie nicht vorgesehen. Da heißt's: Blüh und weg! Und weil es so ist, gibt es noch ganz andere Problemfälle, von denen hier die Rede sein soll.

Wir sind im Supermarkt. Oder im Baumarkt. Oder im Gartencenter. Uns blicken Paletten Mitleidheischender Billig-Oleander, durstiger Farne, entwürdigter Stiefmütterchen an. Nimm uns mit, sagen sie. Wir werden's dir lohnen. Oh, wie oft haben wir beschlossen, hart zu bleiben. Für Oleander fehlt der Winterplatz, Farne haben wir genug, Stiefmütterchen – das ist eine andere Sache. Diese hier (Palette ein Euro) haben mit der prachtvollen und ausdrucksstarken Blume, als die wir das Stiefmütterchen erst spät kennengelernt haben, jedenfalls nichts zu tun. Oder doch? Könnten diese armseligen Pinsel unter unserer mitleidigen und kundigen Pflege dazu werden?

Es ist eine sich immer wiederholende Gemeinheit und der unauflösbare Konflikt: Ware als Lebewesen und umgekehrt. Natürlich wissen wir Verführbaren, dass das Ganze albern ist: Es bricht uns ja angesichts eines Salatkopfs oder einer schrumpeligen Gurke auch nicht das Herz! Ich glaube, es ist diese blöde Sache mit den Wurzeln. Solang etwas Wurzeln hat – hat es Möglichkeiten. Diese Überzeugung ist in uns unausrottbar verwurzelt und lässt sich auch mit der Kraft der Vernunft nicht rausreißen. Die Vernunft sagt: Ein Weihnachtsbaum im Topf ist genauso tot wie ein abgehackter, seine Wurzeln müssten nämlich eineinhalb Meter lang sein, er wird sowieso eingehen, also schmeiß ihn spätestens an Dreikönig weg. Zu den anderen. Sie hat recht, die Vernunft. Und trotzdem sitzt er seit eineinhalb Jahren hinten in der Gartenecke, hat sogar ein bisschen grünen Maiwuchs produziert – aber er stört und sieht scheußlich aus. Eingehen wird er auch. Später.

Noch immer schaut man also auf die 1-Euro-Stiefmütterchen-Palette, armes, sandiges Zeug. Da guckt eine orange Blütenspitze raus. Ach, Orange, schöne Farbe! Wenn man nur wüsste, wie die anderen sind? Ob sie auch die richtigen Gesichter kriegen? Einerseits, ein Euro für zwölf Pflanzen ist nicht die Welt. Andererseits: Sie wollen Töpfe besetzen, gepflanzt werden, gegossen, ausgezupft, mit Dünger versorgt – und vielleicht reißen wir sie doch nach zwei Monaten raus und gehen zu unserem Gärtner Herrn D., der dann sagen wird: Ja, für die richtig schönen sind Sie natürlich zu spät, die sind weg! Und er wird diesen wissenden Blick haben und nur den Namen eines Supermarkts murmeln und in seinen Augen wird eine Art Seufzer zu sehen sein: „Jedes Jahr dasselbe!"

Er weiß, dass nicht Sparsamkeit, sondern Mitgefühl und Größenwahn uns treiben: Wir bilden uns ein, aus den hässlichen Entlein dieser Welt schöne Schwäne machen zu können, wir denken in unserer gärtnerischen Hybris: Allein bei uns können aus Verachteten Stars werden! Vielleicht ist das eine 68er-Hinterlassenschaft, dieser Rettungs-, Beglückungs- und Entwicklungswahn. Dabei genügt ein Blick: Überall auf Fensterbänken, im Treppenhaus und auf der Terrasse hocken kröpelige Überbleibsel dieses Irrglaubens, machen mal ein Zweiglein oder eine Knospe und lassens auch wieder bleiben. Und während wir zwischen finalem Wegwurf und letzter Düngerchance schwanken, werden aus Holland unverdrossen die Großlaster auf den Weg in unsere Märkte und Center geschickt, Hibiskus sechsfuffzig, Papyros fünf, o schau mal, so ein riesiges Solanum! Nur dreizehnachtzig! Und ganz trocken! Schon ist es wieder passiert und passiert weiter, und niemand wird sich gegen die Schindluderei mit den Gammelpflanzen wenden, denn man kann ja eh nichts machen, und wenn sie hin sind, kaufen wir halt neue.

Bringen Sie Ihre Mitleidskäufe bitte nie zurück! Der Marktleiter wird den Korallenbaum, der einige Wochen ohne Erfolg in Ihrer Krankenstation verbracht hat, vor Ihren Augen ungerührt in den Müll schmeißen und sagen: „Suchen Sie sich halt einen anderen aus!" Und Sie werden Ihr Pflegekind unter empörtem Protest wieder rausholen, einpacken und es nach weiteren Wochen selber wegschmeißen. Kann natürlich auch sein, dass es doch wieder wird, seine allerletzte Lebenschance nutzt und Sie künftig mit hundert Blüten und roten Kügelchen erfreut. Und weil das so ist, werden wir es immer wieder versuchen.

Eva Demski

Blaue Hyazinthen

Kindchen", sagte sie, legte ihre Hand leicht auf meinen Arm, und wir nahmen unseren Rundgang durch die Märzsonne wieder auf. „Wir müssen lernen, unsere Erinnerungen zu pflegen und sie ein bisschen aufzuputzen. Sie müssen lange vorhalten." Sie lächelte und zog den Schal enger, als der Ostwind, der um die Hausecke blies, nach uns fasste.

Was konnten mir ihre lächelnden Weisheiten helfen! Es war leicht, mit siebzig als Torheit abzutun, was einem mit zwanzig das Herz schwer macht.

„Sehen Sie dieses Beet an, Stina! Trostlos, nicht wahr? Aber wenn Sie in ein paar Wochen zu mir kommen, und ich denke, dass Sie wiederkommen", ihre Hand legte sich herzlicher auf meinen Arm, „dann wird es blühen. Über und über, enzianfarben wie der Himmel über unserer See. Blaue Hyazinthen. Nicht jeder hat seine Erinnerungen so fein säuberlich auf einem Gartenbeet beisammen. Aber Pflege brauchen sie schon.

Nun denken Sie, dass ich anfange, ein wenig wunderlich zu werden. Wehren Sie nicht ab! Wunderlich sind wir nun einmal, wenn es um die Herzensdinge geht, Kindchen, mit zwanzig so gut wie mit siebzig. Kommen Sie! Wir wollen uns einen Tee aufbrühen, und ich erzähle Ihnen die Geschichte dieses Beetes.

Ich war nicht mehr so jung, wie Sie es heute sind, Stina, aber ich empfand wie Sie: Das Leben war mir etwas schuldig! Es war zu Anfang des Jahrhunderts, in der guten alten Zeit, wie Sie es heute nennen. Ob sie so gut war, weiß ich nicht, gewiss war sie nicht alt! – Ich war noch nicht lange verheiratet. Nicht einmal zwei Jahre. Mein Mann war monatelang auf Reisen. Damals war er im Orient. Es war sehr ehrenvoll – für ihn. Aber ich war allein. Die wenigen Male, wenn ich ohne ihn ausging, im Schutze seiner Familie, versäumte keiner der Herren, mir zu versichern, wie leichtsinnig es von meinem Mann sei, eine so junge und hübsche – sie lächelte dazu – Frau allein zu lassen. Bei uns ist der Winter sehr lang.

An einem Tag im Februar fand ich unter meiner Post die Einladung zu einem Maskenball. Fragen Sie nicht, welcher Zufall mir das Couvert, das nicht meine Anschrift trug, zuspielte! Es waren wohl die Widerstände, die mich reizten, heimlich zu gehen, ohne den Schutz eines männlichen Verwandten, der allein mein Erscheinen auf einem Maskenball erlaubt, wenn auch nicht begreiflich gemacht hätte.

Der zwanzigste Februar! Ein dunkler Abend. Im Licht der Gaslaternen sah man, dass es ein wenig schneite. Ich mied die Hauptstraßen. Den Schal eng um den Kopf geschlungen, erregt und ängstlich zugleich, ging ich den Weg zu Fuß. Die Heimlichkeit zum Abenteuer steigernd. Dieser Augenblick – eben noch in der Verschwiegenheit der Winternacht geborgen, und plötzlich griff helles Licht, Musik und Lachen aus Fenstern und Türen nach mir.

Ich zeigte die Karte, man nahm mir Mantel und Schal ab, und erst, als ich die Arme hob, um die goldene Maske ein wenig höher zu rücken, erkannte ich in einem Spiegel, dass ich es war: das Haar im losen schwarzen Knoten, vom goldenen Lorbeer gehalten, nilgrüner Stoff floss von den Schultern zu Boden, einmal nur gegürtet, auch der Überwurf aus der gleichen Seide verhüllte mich nicht. Ich drückte meine Leier enger an mich – eine ängstliche Sappho! Unsicher setzte ich den Fuß auf die unterste Stufe der Treppe, die zu dem Festsaal führte. Und oben auf dem Treppenabsatz, leicht an eine der Säulen gelehnt, stand er, stand da und lächelte und sah mir entgegen, als ob er auf mich gewartet hätte. Er lächelte nicht spöttisch, eher hilfreich. Die letzten Stufen kam er mir entgegen, reichte mir die Hand und zog mich – mitten in das Fest hinein.

Er war jung und schön! Ein Minnesänger. Beide waren wir zu diesem Fest gekommen als Sänger der Liebe. Er beugte das Knie und nannte mich ‚Hove frouwe‘, und ich griff in die Leier und dankte ihm. Wir redeten in der Sprache der Dichter, von Mond und Waldesrauschen, zartem Glück und holdem Wahn. Unsere Hände redeten die Sprache aller Liebenden wie unsere Augen, und unsere Füße trugen uns im Takt von Walzer und Mazurka von einer Wolke der Glückseligkeit zur anderen.

War je eine Nacht so lang? Wie hätte Wein uns müde machen können! Lange schon lehnten Leier und Gambe nebeneinander an einer Säule. Kein Instrument vermochte zu klingen wie die leichtherzigen Worte meines Freundes!

Und doch kam der Morgen! Wir gingen, bevor er sich grau und ernüchternd durch die Fenster schieben konnte und entblößen, was Nacht und Kerzenlicht in ihren Schutz genommen hatten. Mein Troubadour hüllte mich in meinen Mantel, legte den Schal mit jener zärtlichen Behutsamkeit, nach der ich mich immer gesehnt hatte, um mich und zog sich die hohe Pelzmütze, die man damals noch bei uns trug, tief in die Stirn, Arm in Arm verließen wir das Fest. Leier und Gambe blieben vergessen zurück.

Die Sichel des abnehmenden Mondes stand am Himmel, Jupiter und Venus leuchteten. Es hatte geschneit; kein Knirschen verriet unseren stillen Gang durch den Wintermorgen.

In der Dämmerung des folgenden Tages brachte ein Bote Blumen. Eine Schale mit blauen Hyazinthen. Ihr Duft löste die Tränen. Alles war nur ein Traum. Vorbei war die Verzauberung, dies war der Abschied und der Dank. Kein Wort.

Ich wusste nicht seinen Namen. Was wusste er von mir? Er hatte gefragt: Was tust du an den langen Winternachmittagen, und ich hatte geantwortet: Ich stehe am Fenster, sehe in den weißen Garten und träume von blauen Hyazinthen. Im März kam dann mein Mann zurück. Er erwartete kein Geständnis über das, was man ihm bereits zugetragen hatte.

Es wurde noch kühler, und ich hätte die Wärme gebraucht. Noch blühten vor meinem Fenster die Hyazinthen. Als er mich einmal in der Dämmerung vor meinen Blumen fand, fragte er: ‚Von ihm?‘ Ich sagte mit fremder Stimme: ‚Ja, von ihm.‘ Das war das einzige Mal, dass wir davon sprachen. Ich schnitt die welkenden Stängel ab und bewahrte die Zwiebeln auf.

Im Sommer nahm mich mein Mann mit nach Peking, den Winter blieben wir in Riga. Er führte mich aus, er gab mir neue Pflichten, die mich ablenkten und aufheiterten. Als ich an einem Nachmittag im Februar spät von einer Einladung zurückkam, waren Blumen abgegeben für mich. Sie vermuten recht: blaue Hyazinthen! Ich stellte sie vor mein Fenster, aus Trotz, weil mein Mann mich fragen sollte, aber auch, weil eine Welle zärtlichen Erinnerns mich erfasst hatte und mich aufs Neue verwirrte. Ich begriff nicht gleich, dass der Gruß meines Freundes nicht mehr wollte, als mich erfreuen, mir sagen, dass er an diesem Tage an mich dachte. Ich meinte, es sei eine Aufforderung, mich zu entscheiden, es nicht bei der Verzauberung einer Ballnacht zu belassen. Ich stand lange am Fenster und sah in den Schnee. Alle meine Wünsche eilten aus dem Haus meines Mannes auf verbotene Wege, von denen ich nur zu gut wusste, wie viel Schranken mir den Zutritt verwehrten.

So ging es Jahr für Jahr! Das eine Mal wartete ich mit Ungeduld auf seinen Gruß, in anderen, glücklicheren Jahren überraschte er mich. Die Langmut meines Mannes nahm ich lange Zeit für kränkende Gleichgültigkeit und ließ darum die Blumen – länger, als Ansehen und Duft es rechtfertigten – auf der Fensterbank stehen.

Die Zwiebeln setzte ich in ein Beet meines Gartens und beobachtete mit Genugtuung und einer leisen Wehmut, die sich einstellt, wenn ein glückliches Erlebnis lange Jahre zurückliegt, wie mein blaues Beet von Jahr zu Jahr wuchs.

Kurz vor dem Krieg wurden rasch nacheinander meine Kinder geboren. Ich nahm kaum wahr, dass die Blumen ausblieben. Mein Mann wurde interniert, ich musste mit den Kindern zum ersten Mal fliehen, nach Königsberg. Ich war, wie ich meinte, eine vom Leben hart angefasste Frau, als der Krieg zu Ende war und noch ein weiteres Jahr verging, bis mein Mann zurückkehrte. Zehn Jahre waren verstrichen, seitdem zum letzten Mal an einem 20. Februar blaue Hyazinthen für mich abgegeben wurden. Zeit genug, das Datum zu vergessen.

Als dann wieder eine Blumenschale abgegeben wurde, in einer fremden Stadt, in der ich nicht heimisch werden konnte, war sie wie ein Gruß aus einer Zeit, der ich anfing, den Beinamen ‚gut und alt' zu geben.

Wieder wuchs in dem Garten vor meinem Fenster ein Hyazinthenbeet. Die Kinder fragten danach. Mein Mann und ich sahen uns an und lächelten uns zu wie zwei Verschwörer.

Ich blieb ahnungslos. Erst als ich seinen Nachlass ordnete, fand ich unter seinen gewissenhaft aufbewahrten Abrechnungen und Quittungen auch die eines Königsberger Blumenhauses. Sie hatten alle den 20. Februar zum Datum.

Dann musste ich wieder fliehen. Wieder ein Stück weiter in den Westen. Wie alles andere blieb auch mein blaues Beet zurück. Als ich wieder ein wenig Kraft gesammelt hatte und neuen Mut, ging ich und kaufte mir Blumenzwiebeln für diesen Garten. Viel Zeit hatte ich nicht mehr. Ich konnte nicht noch einmal mit ein paar Hyazinthenzwiebeln anfangen. Aber ich kann nun wieder in den langen Winterdämmerungen an meinem Fenster stehen und von blauen Hyazinthen träumen. Und meine Gedanken gehen weit zurück. Selten bis zu jenem Fest. Sie werden unterwegs oft aufge-

halten. An wie viel Liebe haben sie sich zu er-
innern in dem langen Leben an der Seite meines
Mannes!
Wenn sich im Frühling die Knospen auftun, ist
mir jedes Mal, als habe seine gütige Hand mir
ein kleines Stück unseres baltischen Himmels vor
mein Fenster gelegt."

Christine Brückner

Ostern in Varianten

Das Abendmahl

Sie sind versammelt, staunende Verstörte,
um ihn, der wie ein Weiser sich beschließt
und der sich fortnimmt, denen er gehörte,
und der an ihnen fremd vorüberfließt.
Die alte Einsamkeit kommt über ihn,
die ihn erzog zu seinem tiefen Handeln;
nun wird er wieder durch den Wald wandeln,
und die ihn lieben, werden vor ihm fliehn.
Er hat sie zu dem letzten Tisch entboten
und (wie ein Schuß die Vögel aus den Schoten
scheucht) scheucht er ihre Hände aus den Broten
mit seinem Wort: Sie fliegen zu ihm her;
sie flattern bange durch die Tafelrunde
und suchen einen Ausgang. Aber er
ist überall wie eine Dämmerstunde.

Rainer Maria Rilke

Als Jesus gestorben war

„Als Jesus gestorben war,
strahlt in der Nacht kein Stern.
Vorbei war alle Freude.
Da weinten alle Leute.
Sie weinten um den Herrn.

Als Jesus gestorben war,
da war die Welt so leer.
Die Großen und die Kleinen,
die konnten nur noch weinen.
Sie hatten ihn nicht mehr.

Als Jesus auferstanden war,
besiegte er den Tod.
Ihr Großen und Ihr Kleinen,
ihr braucht nicht mehr zu weinen.
Vorbei ist alle Not!"

„Deshalb feiern wir Ostern!", sagt der Vater.

Rolf Krenzer

Gebt zu, ihr habt geschlafen

Du weißt, lieber Manasse, dass ich beauftragt war, mit den drei römischen Tölpeln, die man als Wächter ans Grab gesetzt hatte und die sodann mit ihrem wirren Geschrei die Bürger der Stadt erschreckten, im Namen des Synedriums zu verhandeln.

Ungern unterzog ich mich dieser Pflicht, einmal, weil ich krumme Touren hasse, zum anderen, weil ich üble Nachrede fürchtete. Beides musste ich, wie Dir vielleicht zu Ohren gekommen ist, in Kauf nehmen. Doch dass ich bei dieser Affäre außerdem ein seltsames und, wie mir scheint, erfreuliches Erlebnis haben würde, wer – sage selbst, lieber Manasse – konnte das ahnen?

Über die Vorgänge bist Du, nehme ich an, hinreichend informiert, besonders über das unrühmliche Ende jenes Wanderpredigers, der sich Jesus von Nazareth nannte und der heute, wenige Wochen nach seiner Kreuzigung, bereits vergessen

wäre, hätte man den Leichnam sofort beschlag-
nahmt und ihn an unbekannter Stelle verscharrt,
wie es solchen mehr lächerlichen als gefährlichen
Querköpfen zukommt.

Wir vom Synedrium, ich räume es ein, hätten
keinesfalls erlauben dürfen, dass dieser Joseph aus
Arimathia, den ich auch sonst gewisser liberaler
Neigungen wegen für verdächtig halte und der,
wie Du weißt, seine eigene, nahe der Stadt ge-
legene Gruft als Grabstätte anbot – dass dieser
Außenseiter also uns, den Gesetzestreuen, seinen
Willen aufzwang, auch wenn er, zur Rede gestellt, eine solche Absicht natürlich abgestritten
hätte.

Wie dem auch sei, lieber Manasse, mit dem er-
wähnten, jedermann zugänglichen Bestattungs-
ort war ein ärgerliches Faktum gesetzt, und wir
haben uns nicht ohne Grund Gedanken darüber
gemacht, auf welche Art weiteren Spekulationen
endgültig vorzubeugen sei. Wir wussten ja, welch
tolle Gerüchte im Kreise des Nazareners umlie-
fen, nämlich, dass er die Gruft verlassen und ins
Leben zurückkehren werde. Er selber soll, wie

unbescholtene Zeugen bestätigen, derartige Fantastereien geäußert haben.

Du wirst also nicht erstaunt sein, Manasse, zu erfahren, dass wir handfeste Sicherungen einzubauen bestrebt gewesen sind. Der Stein, der die Gruft abschloss, wurde oben und unten versiegelt. Na, und dann postierte man die besagten Wächter, drei Kriegsknechte, die der Statthalter uns zuordnete.

Sogleich argwöhnte ich – wie sich später herausstellte, nicht ganz zu Unrecht –, dass diese uns überantworteten Burschen kaum von besonderer Qualität sein würden. Wer setzt sich schon gern am Wochenende draußen vorm Tor auf die nackte Erde, um einen Stein und eine Leiche zu bewachen? Vom Spott der Leute, die vorübergingen, gar nicht zu reden.

Wie vermutet, Manasse: Die drei machten nicht gerade den besten Eindruck. Sie trugen zwar eine Rüstung, sie hatten Helme auf den Köpfen und Speere in den Fäusten, bärbeißig genug sahen sie also aus, um vorwitzigen Passanten Angst einzujagen – doch ob auch den Dämonen, falls solche unterwegs waren, ihre Macht an der Totenstätte zu erproben? Sei nicht ungehalten, lieber Freund, wenn ich Dir über die seltsamen Vorgänge, die sich trotz der Bewachung in der Nacht, welche dem Sabbat folgte, und beim Morgengrauen ereigneten, nichts Genaues berichten kann. Die Stadt ist voller Gerüchte, die beim besten Willen nicht zu kontrollieren oder aufzuklären sind. Es scheint, als erhielten sie immer neue Nahrung, wie das in solchen Fällen zu sein pflegt: Jeder will plötzlich etwas gesehen oder gespürt haben, die tollsten Zufälle werden für möglich gehalten, immer neue Quellen öffnen sich.

Dem war einfach nicht beizukommen, Manasse. Wir hatten alle Hände voll zu tun, um wenigstens einige Löcher zu stopfen. Begreifst Du, dass die Mittel, die wir dabei anwendeten, nicht immer ehrenhafte sein konnten?

Nun gut, ich suchte so rasch wie möglich die drei Kriegsknechte auf, die verstört im Hof des Statthalters saßen, rückwärts, bei den Lagerschuppen. Sie waren vorher schreiend durch die Stadt gelaufen, doch jetzt, als ich sie ausfragen wollte, gaben sie nur mürrische Antworten.

Um sie ein wenig aufzumuntern, erkundigte ich mich nach ihren Heimatorten – also, das klappt immer, lieber Manasse. Allmählich wurden sie gesprächiger. Wenigstens die beiden älteren, zwei abgebrühte Kerle aus den Sabiner Bergen, wenn ich mich recht erinnere. Sie tauten auf, sie erzählten von daheim, von ihren Hütten und Ziegenherden, ja, am Ende waren sie kaum zu bremsen.

Doch was sie von der Grabstätte berichteten, war, ehrlich gesagt, ungereimtes Zeug. Die Erde wankte, beteuerten sie, Donner und Blitz habe es gegeben, ein Blitz wie ein riesiges flammendes Schwert, sodass sie zu Boden gefallen und gleichsam betäubt gewesen seien. „Wie lange?", fragte ich. Sie starrten mich mit offenem Mund an und wussten es nicht. Nur das eine war ihnen gewiss: Der Stein ist fortgewälzt und das Grab ist leer gewesen, verdammt, so war es. „Habt ihr genau nachgesehen?", fragte ich. Ja, das hatten sie. Wenigstens die beiden, mit denen ich sprach.

Der dritte schwieg. Er hieß Markus und saß gekrümmt in der Ecke.

„Na und du", fragte ich, „hast du etwa geschlafen?"

Er hob langsam den Kopf.

„Vielleicht habt ihr das alles geträumt", fuhr ich fort, denn ich fing an, mein Garn auszulegen, gib acht, Manasse. „Ist doch ganz einfach", sagte ich, „mitunter hat man solch schreckhafte Träume, besonders bei vollem Magen oder wenn man unbequem liegt. Jedenfalls habt ihr geschlafen. Wenn ich euch übel wollte, würde ich sagen: Ihr habt eure Pflicht versäumt."

Die beiden blickten mich erschreckt und misstrauisch an, während der dritte noch immer schwieg. Sie wussten, dass ich ein Sadduzäer war und dass ich womöglich das Ohr des Statthalters zu erreichen imstande wäre.

„Was habt Ihr vor?", fragte der älteste, ein Graubart, dem noch immer die Angst – ob diese oder jene, wage ich nicht zu entscheiden – wie ein Urteilsspruch im Gesicht stand.

„Nichts", sagte ich, „was euch Schaden brächte. Doch das hängt allein von euch ab. Ich hoffe, ihr werdet vernünftig sein."

„Was heißt hier vernünftig?", fragte der Alte.

„Ihr werdet daran denken", erwiderte ich, „dass ihr eines Tages nach Hause kommen wollt, zu eurer Familie, zu der Hütte in den Sabiner Bergen. Habe ich recht?"

Der Alte nickte. „Und was können wir dazu tun?" Ich zog einen Beutel mit Geldmünzen aus der Tasche. „Ihr müsst zugeben, dass ihr geschlafen habt, nichts weiter."

Der Alte grinste. „Fauler Zauber", knurrte er. „Eben noch habt Ihr uns damit gedroht, und ihr hattet nicht unrecht. Wie soll sich das reimen?" Ich ließ den Beutel von einer Hand in die andere gleiten. „Nur wenn ihr geschlafen habt", sagte ich, „war es möglich, den Leichnam zu stehlen." Der Alte zwinkerte mir zu: „Verstehe. Ihr meint, diese Burschen, die dem Gekreuzigten nachgelaufen sind, sie wollten beweisen, dass er nicht log, wenn er behauptete, er werde im Tod nicht bleiben."

„Genau so", antwortete ich. „Ihr seid, wie ich sehe, umgängliche Leute. Was macht es euch schon aus, dies oder jenes zu Protokoll zu geben, falls man euch auffordert."

„Und unser Centurio?", fragte der zweite, der begehrlich nach dem Beutel schicke. „Wird er uns nicht in Arrest stecken? Oder noch Schlimmeres?" „Das lass meine Sorge sein", erwiderte ich. Die Sache lief, wie ich sie plante. Doch zuletzt – es tut mir leid, Manasse – muss ich Dich trotzdem enttäuschen. Ganz sicher gehen wir ja nie, lieber Freund, auch wenn das Garn noch so fein gesponnen ist.

Der dritte nämlich, dieser Markus, weigerte sich, das Geld zu nehmen. Er habe keineswegs geschlafen, sagte er, und lügen wollte er ebenfalls nicht. Ich blickte den Burschen aufmerksam an. Er war ziemlich jung, ein schmales, sympathisches Gesicht. Ihn darüber auszuforschen, was er von den Ereignissen am Grabe halte, schien mir unangebracht. Deshalb fragte ich, um ihn abzulenken: „Kommst du auch von dort? Ich meine, aus den Bergen?"

Er nickte, er fing an, stockend zu berichten – alles Dinge, die ich nur halb verstand. So viel wurde mir deutlich, dass er mit Trotz zu Hause weggelaufen war, vor fünf oder sechs Jahren, und dass der Alte ihn verfluchte – Du verstehst, Manasse, so etwas kommt vor.

Doch was hatte das alles mit dieser Nacht zu tun? Bei näherem Hinsehen kann man da nur den Kopf schütteln. Der Bursche behauptete nämlich, er habe so etwas wie einen Wachtraum gehabt – kein Wortspiel, Manasse, obgleich es sich hier um eine Wache handelt –, vielmehr sei der Vater gegen Morgen, während die besagte Lichterscheinung vor sich ging, plötzlich leibhaft vor ihn hingetreten und habe mit vernehmlicher Stimme zu ihm gesprochen.

„Was gesprochen?", fragte ich, bestrebt, mein Lächeln zu unterdrücken.

Der Bursche ließ sich nicht beirren. Er wusste den Wortlaut genau: „Komm heim, Sohn!" Das hatte er vernommen, mit offenen Augen und Ohren. Und er fügte hinzu, er wisse nun, dass der Alte ihm vergeben habe und auf ihn warte. Deshalb wolle er, der Markus, beim Gouverneur ein Gesuch einreichen, damit ihm gestattet werde, vorzeitig aus der Armee auszuscheiden und in das Haus seines Vaters zurückzukehren.

Du siehst, Manasse, wiederum eine jener Abstrusitäten, an denen unser Zeitalter offenbar reich ist. Nur eben, der Bursche blieb bei seiner Aussage ebenso hartnäckig, wie er sich weigerte, Geld zu nehmen. Und wenn er mir auch nicht sehr gesprächig vorkam, eher schweigsam und in sich gekehrt, so bleibt am Ende doch der Verdacht, dass diese leidige Sache, die endgültig aus der Welt zu schaffen meine Aufgabe war, sich dennoch ausbreiten könnte, wenn nicht durch andere, so doch durch diesen einen.

Nun, wie auch immer die Geschichte weitergehen mag, lieber Manasse, ein wenig freut es mich schon, diesem Burschen, dem Markus, begegnet zu sein.

Alles Gute für Dich und unsere Freundschaft – Sachariel.

Rudolf Otto Wiemer

Pesach

Die Abenddämmerung stieg langsam hernieder. Die Teestunde nahte. Wir tranken und schlürften das duftende Getränk mit besonderem Behagen, denn er schmeckte in der festlichen Umgebung ganz besonders gut. Alles blitzte und funkelte. Selbst für das Trinkwasser waren neue Gefäße in Verwendung.

Nachdem meine Mutter die Kerzen angezündet hatte, verrichtete sie ein kurzes Gebet, bedeckte sich, wie es der Brauch will, die Augen mit beiden Händen. Bei dieser Gelegenheit konnten wir die kostbaren Ringe an ihren Fingern bewundern, in denen das Kerzenlicht in allen Regenbogenfarben glitzerte und flimmerte.

Wir Mädchen hatten schon im Alter von zwölf Jahren die Pflicht, am Vorabend der Festtage und des Sabbats Kerzen anzuzünden. So versammelten wir uns alle um den Tisch. Wir glühten in freudiger Erwartung des Sederabends. Alle Kerzen brannten. Vor dem Sitze des Vaters brannten zwei Spirmazet-Kerzen, die man „Manischtane"-Kerzen nannte, nach den sogenannten vier Fragen, die das jüngste Kind am Tisch stellt.

Die Sedertafel glänzte und strahlte. Der Meschores (Diener) hatte einen neuen Kaftan an, sein ganzes Auftreten atmete feierliches Selbstbewusstsein, als bediente er an diesem Abend aus Liebenswürdigkeit, Gefälligkeit, nicht aus Pflicht, als fühlte er sich den Herrschaften gleich. Er brachte das silberne Becken mit der Kanne und viele Handtücher. Man erwartete die Herren aus dem Bethause, die auch bald erschienen. Schon beim Hereintreten meines Vaters fühlten wir an dem Ton, mit dem er laut „Gut Jom-Tow" (Guten Feiertag) sagte, eine gewisse Feierlichkeit, eine wohltuende Vergnügtheit. Er ließ meinen Bruder sämtliche Hagadas bringen und erteilte den Kindern den Segen. Hierauf nahmen wir am Tische Platz, und zwar in der Reihenfolge des Alters. Heute durfte auch „Schirnen, der Meschores" an einer Ecke des Tisches sitzen, nach patriarchalischer Art, womit bekundet wird, dass an diesem Abend alle gleich sind – Herr und Diener.

Mein Vater ließ sich gemütlich auf seinen Sitz nieder, legte seine prächtige Schnupftabaksdose mit dem roten Foulardtaschentuch auf den Tisch zu seiner Rechten und begann in der Hagada zu lesen. Er bat die Mutter, ihm die einzelnen Gerichte von den Tellern zu reichen, auch die jüngeren Herren folgten seinem Beispiel. Dann füllte die Mutter auf eine besondere Bitte des Vaters hin den Becher mit Rotwein. Die verheirateten Schwestern füllten hierauf auch ihren Männern die Becher, während unsere ältere, unverheiratete Schwester das Amt des Einschenkens bei uns Kindern und den anderen Tischgenossen, selbstverständlich auch beim Meschores, versah. Jeder der Herren bekam auf seinen Teller drei Schmure-Mazzes, zwischen denen sich bereits die Seroa, ein wenig von dem vorbereiteten Meerrettich, ein wenig Salat, Charausses, ein gebratenes Ei, ein Radieschen befanden. Das alles war mit einer weißen Serviette bedeckt. Der Vater nahm den Becher Wein in seine rechte Hand und sagte das Kiduschgebet und leerte den Becher. Alle Tischgenossen folgten seinem Beispiel, nachdem sie Amen gesagt hatten. Meine Mutter füllte von Neuem den Becher, die anderen Frauen taten es wieder für ihre Männer, während die Becher der anderen Tischgenossen mit süßem Rosinenwein gefüllt wurden. Dann nahm der Vater sein Gedeck mit allen darauf befindlichen Dingen in die rechte Hand, hob es in die Höhe und sprach dabei laut das Kapitel „Ho lachmo anjo". Die männlichen Tischgenossen wiederholten den Satz bis zum zweiten Kapitel „Mah-nischtano", den sogenannten vier Fragen, welche das jüngste Kind bei Tische zu fragen hat. Diese lauten: „Warum essen wir an allen Abenden des Jahres gesäuertes und ungesäuertes Brot, heute aber bloß ungesäuertes?" usw. (siehe Hagada). Der Vater beantwortete, mit bewegter Stimme aus der Hagada lesend: „Awodim hojinu." … „Knechte waren wir bei Pharao in Mizraim und hätte uns damals Gott der Allgütige in seiner Allmacht nicht erlöst, und wären wir nicht von dort ausgezogen, wären wir, unsere Kinder und Kindeskinder bis jetzt noch

Sklaven gewesen, und wenn wir auch alle kluge Schriftgelehrte wären, so ist es unsere Pflicht, vom Auszug aus Ägypten zu erzählen."

Bei diesen Worten brach der Vater immer in Tränen aus – er konnte und durfte seinem Schöpfer gewiss aus vollem Herzen danken, wenn er seinen Blick über die schöne Tafelrunde schweifen ließ und die junge, hübsche Frau mit den blühenden Kindern sah, die kostbar geschmückt dasaßen! Er durfte sich wirklich im Vergleich zu jener Zeit der Sklaverei als einen Fürsten betrachten.

Nun folgten die Psalmen, die als Hallelgebet zusammengefasst sind, dann nach dem Händewaschen die Erklärung, warum wir an diesem Abend die vielen bitteren Kräuter essen. Es ist zur Erinnerung daran, dass unsere Vorfahren reich an Bitternissen waren und dass sie, durch die Wüste ziehend, keine andere Erquickung hatten als bittere Kräuter. Hierauf brachen die Herren die mittlere der drei Mazzes entzwei, legten die eine Hälfte unter das Polster zum „Aphikomon" (Nachspeise), und die andere Hälfte verteilten sie in kleinen Stücken unter die Tischgenossen als

„Mauze" (der erste Bissen Brot, vor dem ein Segensspruch gesprochen wird). Dann aß man vom Meerrettich: erstens zu Moraur, der in Charausses getunkt so rasch als möglich verschluckt wird, da dies ohne Mazzes geschehen muss; dann der Kaurach, wieder eine Portion Meerrettich zwischen zwei Mazzesstückchen gelegt. Für jeden Brauch wird zuvor ein bestimmtes Gebet gesprochen. Mit einem Wort, man bekam an diesem Abend den Meerrettich gehörig zu spüren; und wir mussten mit Tränen in den Augen zugeben, dass das Leben unserer Vorfahren in Ägypten bitter war. Später wurden Radieschen und Eier in Salzwasser getaucht; das mundete schon besser, und endlich kam das Abendbrot an die Reihe, das mit Pfefferfischen begann, dem eine fette Brühe mit Mazzemehlklößchen folgte und das mit einem feinen frischen Gemüse endete. Dann bekam jeder Tischgenosse ein Stück von dem aufbewahrten Aphikomon. Nun wurden die Becher aufs Neue mit Wein gefüllt. Man goss sich Wasser über die Hände, was man „Majim Acheraunim" (letztes Wasser) nennt, wobei ein kleines Gebet verrichtet wurde; und nun schickte man sich an, das Tischgebet zu sagen, womit gewöhnlich einer der Herren bei Tische als Vorbeter beehrt wurde. Am Schluss des Gebetes fiel die ganze Tischgesellschaft mit einem lauten „Amen" ein; und nachdem jeder für sich leise das Nachtischgebet mitgebetet hatte, wurden erst die Becher geleert. Und jetzt begann der zweite Teil der Hagada. Zum vierten Mal füllte man die Becher. Diesmal wurde auch die große silberne Kanne gefüllt, die in der Mitte der Tafel aufgestellt und für den Propheten Elia bestimmt war. Dieser Brauch findet in den kabbalistischen Schriften seine Erklärung. Nach der kabbalistischen Lehre ist alles, was man in paarweiser Zahl isst oder trinkt (sogenannte kabbalistische Suges) schädlich, oder es kann zum mindesten schädlich wirken. Daher muss bei der Sedermahlzeit zu den vier Bechern, die getrunken werden, noch ein fünfter gefüllt werden.

Wir Kinder glaubten fest an die Volkssage, dass der Prophet Elia ungesehen hereinkomme und an dem Becher nippe. Wir blickten daher unverwandt nach der Kanne, und wenn sich die äußerste Schicht an der Oberfläche leise bewegte, waren wir überzeugt, dass der Prophet anwesend war, und uns überrieselte es kalt und heiß. Sämtliche Becher wurden gefüllt, und der Vater befahl dem Diener, die Tür zu öffnen. Nun begann man das Kapitel „sch'fauch chamos'cho" zu rezitieren; hierauf folgten die Schlusskapitel des Hallel. Und zum Schluss das allegorische Liedchen „chadgadjo, chad-gadjo", „Ein Zicklein, ein Zicklein". Mit diesen und ähnlichen Versen fand der Sederabend seinen Abschluss. Jeder hatte seinen vierten Becher Wein ausgetrunken. Auf den Gesichtern aller Tischgenossen sah man die Abspannung und Erregtheit infolge des ungewohnten Weingenusses. Meine älteren und jüngeren Schwestern verließen eine nach der anderen die Tafel, ehe noch die Verse zu Ende gesungen waren, was nicht als Verletzung der Religion oder der Hausdisziplin galt. Mich aber hielt etwas zurück, das ich mir um nichts entgehen lassen wollte. Es war Schir haschirim, das Hohe Lied, das Lied der Lieder Salomos, von dem ich jedes Wort, jeden Ton mit meiner ganzen Seele aufnahm. Die herrliche Verschmelzung von Tönen und Worten wirkte auf das Kindergemüt berauschend; ich lauschte entzückt.

Meine Mutter ermahnte mich dann mehr als einmal, zu Bette zu gehen. Ich aber bat, noch bleiben zu dürfen, was sie mir für ein Weilchen auch gestattete. Als sie aber bemerkte, wie müd und abgespannt ich war, erfolgte eine zweite Ermahnung, und ich wiederholte meine frühere Bitte noch inständiger. Meine Stimme war wahrscheinlich dabei so innig, dass ich die Erlaubnis erhielt. Ich gab mir Mühe, nicht müde zu scheinen, und kroch auf einen im Winkel stehenden großen Armstuhl und hörte mit wahrem Seelengenuss dem Gesange zu. Bis zum Schluss hielt ich es aber nicht aus, und ich erwachte erst auf meinem Lager, als meine Njanja mich entkleidete und zurechtlegte. Ich wurde dabei munter, schlief aber bald wieder in der seligsten Stimmung ein und erwachte am Morgen mit der gleichen frohen und vergnügten Laune. Alles im Hause war festlich geschmückt; überall feierliche, herrliche Osterstimmung! Draußen strahlte der Frühlingssonnenschein vom heiteren Himmel herab. Die Luft war mild und warm. Die ganze Natur schien ein festliches Kleid angelegt zu haben, wie wir alle im Hause. O goldene Kinderzeit im Elternhause, wie schön bist du! – – –

Zum Tee bekam ich Mazzes und Butter. Man zog mir ein neues Kleidchen an, und ich lief hinaus zu den Nachbarkindern, die mich auf der Wiese bereits erwarteten. Wir hüpften und tanzten und sangen: „Der Frühling ist da, der Sommer ist gekommen, huha! Huha! Huha! Huha!"

Pauline Wengeroff

Wenn alle Bäume blühen

Das Frühlingsgedicht

*E*s wurde Frühling. Er platzte aus den Baumknospen, er lag auf dem Wasser, er duftete durch die Hecke, er sang im Rasen und verdrehte mir den Kopf. Und als ich durch den Garten aufs Haus zuging, war der Anfang eines Frühlingsgedichtes in diesem frühlingsverdrehten Kopf – ein Anfang voller Musik, ein wunderschöner, noch nie da gewesener Satz. Ich sage Ihnen: Es war die reine Poesie voll ungebändigter Waschkraft, und ich stürmte durch die Küchentüre, stürmte zu dem Platz, wo die Bleistifte liegen – im Vertrauen, es ist eine Sauciere ohne Henkel, ein Sammelbecken für Stifte, Zopfhalter und Notgroschen –, stürmte und drängte zum Schreibmaterial, um diese Perle von Lyrik zu notieren, auf eine Tüte, einen Zettel, eine Rechnungsrückseite … Aber da war kein Bleistift weit und breit. Immer sind alle Bleistifte verschwunden. Ich weiß nicht, wo die bleiben – unser Haus hat doch keine Bleistiftfresser. Allerdings wird es bewohnt von unseren schreibfähigen Kindern, besonders von dem einen … Ich habe kürzlich auch etwas von dem Bermudadreieck gehört, eine Mutter meinte, dass dort allerlei Dinge verschwinden. Sicher haben auch Wohnungen ihre Bermudadreiecke; unsere ganz bestimmt.

Aber da lag Papier, oh, schönes weißes Papier, leider schon bedruckt, aber mit erfreulich breitem und erfreulich freiem Rand. Das war der Zettel mit dem Rezept für den exotischen Kuchen, den ich als Kostprobe für den Vorbereitungskreis zum Weltgebetstag backen und mitbringen wollte. Sie wissen ja, am 1. Freitag im März! Der Weltgebetstag stand vor der Tür: diesmal in Australien bereitet. Deshalb Australischer Früchtekuchen. Australian Fruit Cake.

Den wollte ich heute ausprobieren, denn er muss 24 Stunden kalt gestellt werden, nachdem er in eine Form gepresst worden ist, was als Grundvoraussetzung ebenfalls eine kühle Phase von 1 Stunde erfordert.

Also, cool bleiben und frisch ans Werk! Ich studierte das Rezept und stellte mit leichtem Entzücken fest, dass alles in Tassen abgemessen werden musste. Eine sehr entgegenkommende Methode, denn dieses feine Auf-die-Goldwaage-Legen, wem liegt das schon, wenn er nicht bei den Weight Watchers ist?

Als Erstes, quasi als Fundament, brauchte ich 1 Tasse gehackte Backpflaumen. Diese Pflaumen waren auch vorhanden – gewesen. (Vollendete Vergangenheit, meine Lieben! Die berühmte vollendete Vergangenheit, auch Plusquamperfekt genannt.)

Ich schrie in Richtung Kinderzimmer: „Wer hat die Backpflaumen aufgegessen?"

Es ist eine völlig überflüssige Frage, ich weiß, ich erwarte eigentlich auch keine Antwort mehr auf derlei Fragen, aus Erfahrung, denn ich habe noch nie eine befriedigende Antwort darauf erhalten. Eigentlich stelle ich solche Fragen sonst auch gar nicht mehr. Warum sie mir dennoch von den Lippen schlüpfte … vielleicht lag es am Frühling, an dem Ausnahmezustand, in dem man Gedichte verfasst – Gedichte – ach, mein Gedicht! Die nicht vorhandenen Backpflaumen beschworen es ahnungsvoll herauf: Mein Gedicht war nicht existenzfähig, es war zum Sterben verurteilt, noch bevor es niedergeschrieben war.

Wissen Sie, man macht heute keine positiven Gedichte mehr über den Frühling. Wer aufbauend und lebensbejahend Reime macht, ist ein naiver Mensch, ist eine Grandma Moses, die naive Bilder malt. Nein, seliger Frühling – Liebe und Triebe – das geht nicht mehr. Es sollte das Gegenteil sein, das Gegenteil von dem, was ich empfand, total destruktiv, unheil, negativ, sich versagend. Ungefähr so:

„Knicktest das Rohr, den Halm,
höhltest den Zahn …"

Ich träumte den Worten nach. Schön, unglaublich kaputt, morbide, destruktiv, nicht?

„Knicktest das Rohr, den Halm,
höhltest den Zahn …"

Ah, welche Musik! Da muss man erst einmal draufkommen! Ich fand das sensationell und schrieb es auf. Gleich neben die Backpflaumen.

Von den Kindern kam keine Antwort. Ach ja, sie waren noch im Nachmittagsunterricht in der Schule. Schule – na klar, da fiel mir's wieder ein! Ich hatte die Backpflaumen einem Kollegen mitgenommen. Für eine Kur. Sie wissen schon. Ade, Backpflaumen. Aber ich könnte ja statt dieser Feigen nehmen. Da war doch noch irgendwo ein Päckchen von Weihnachten … Ich machte Kleinholz aus den Feigen, voilá, wie bestellt: eine Tasse voll. Hinein in die Backschüssel!

Was reimt sich auf Halm außer Qualm?

Qualm – passt überhaupt nicht, obwohl das Nebulöse – ach, ich brauche ja gar keinen Reim. Wenn man statt Backpflaumen Feigen nehmen kann – bemerken Sie die Symbolik! –, dann auch gleich ungebundene freie Verse mit innerer Musik.

„Knicktest das Rohr, den Halm,
höhltest die Zeit …"

Hört sich das nicht nach Zahnarzt an? Zahnschmerz. Bohrversuch. Wann war denn mein nächster Termin bei dem nettesten Zahnarzt meines schmerzensreichen Lebens, rein gebissmäßig gesehen?

Statt auf den Kalender fiel mein Blick aufs Rezept, das als Nächstes 1 Tasse Rosinen verlangte. Und die fand ich auch nicht mehr.

Alle Dosen öffnete ich. Wo PANIERMEHL draufstand, waren Weckringe drin, wo KOKOSFLOCKEN draufstand, waren Kürbiskerne drin, hier war nicht das Bermudadreieck, sondern ein Tornado verantwortlich. Vergessen wir's! Oder nein, da waren Korinthen, o Jubel, o Freude! Korinthen sind doch fast dasselbe, und außerdem biblisch, siehe Korintherbrief.

Jetzt noch 1 Tasse Orangeat und Zitronat, gemischt, in Klammern. Ich kann Ihnen meine Freude nicht verhehlen: Ich hatte beides, fand es am angegebenen Orte, es war zu schön um wahr zu sein: 1 Tasse Orangeat und Zitronat gemischt – da waren sie!

Derselbe Volltreffer bei 1 Tasse Nüsse! Hier konnte ich endlich aus dem Vollen schöpfen, denn unser Nussbaum auf dem Pfarrhof hatte reichlich getragen, und meine Mutter reichlich lange diese

Nüsse geknackt, als sie mit dem verknacksten Fuß zu monatelanger sitzender Tätigkeit verknackt worden war.

War diese Zeile nicht zu gebrauchen?

„Knacktest die Nuss …"

Nein, das ist zu verständlich. Das hört sich beknackt an. Mein Gedicht muss echt total voll unverständlich sein, damit jeder Leser in ihm seine Identifikation vollziehen mochte.

„Knicktest …" Ja, das klang besser. Aber wie weiter? Mir fehlten zugegebenermaßen die destruktiven Wörter, es müssten noch mehr Kaputtmacherwörter sein, wie sengen, brennen, stechen, schneiden …

½ Tasse kandierte Kirschen. Also, die hatte ich nicht. Noch nie besessen. Hatte ich völlig aus meinem Haushalt verdrängt. Haben Sie kandierte Kirschen als Grundnahrungsmittel im Hause?

Kandierte Kirschen tz, tz, tz – also, tut mir leid. Etwas Adäquates in dieser Richtung könnten vielleicht Gummibärchen sein, die roten.

Ich sortierte aus den Schreibtischschubladen meiner vier Schulkinder fast eine halbe Tasse (kaum belutschter) kandierter Kirschgummibärchen heraus, die ich mit orangegelben komplettierte.

So, und nun noch ½ Tasse kandierter anderer Früchte, z. B. Ingwer.

Und hier erfolgte mein Triumph, denn ich hatte letztere!

Und ausgerechnet Ingwer, original Ingwer befand sich in meinem Besitz. (Natürlich ist das eine lange Geschichte; wie der da hineingeriet. Ein andermal …)

Ich fischte nach dem original kandierten „z. B. Ingwer", wobei mir das Körbchen mit den zehn frischen Eiern wie von selbst entgegenrutschte. Pech!

Die schönen selbst gelegten Eier von meinen evangelischen Hühnern waren Knickebein-Eier.

«Knicktest den Hahn, das Ei …"

Ach, gar nicht Pech! Steif geschlagener Schnee von 10 glücklichen Eiern kann nie schaden und verbindet das Ganze höchst harmonisch und locker.

Nach der außerplanmäßigen Hinzugabe des Eischnees verlief das Hinzufügen von 2–3 Esslöffeln Honig sowie 150 g Butter ebenfalls erfolgreich.

Vanille – haben wir.

Muskat – bitte schön.

Zimt – in Hülle und Fülle, wenn's genehm ist.
Klammer auf, „und Mixed Spice", Klammer zu.
Auch das ist kein Problem. Ich bin seit drei oder
noch mehr Jahren gesegnet mit Mixed Spice,
denn das brachte meine Mutter von ihrer Israel-
reise mit, ein Plastiktütchen eingefangener Orient, gemischte Gewürze aus dem Heiligen Land.
Jetzt war der weihevolle Augenblick für den ge-
zielten Einsatz von Mixed Spice gekommen. Ze-
lebrierend schüttete ich die Hälfte des braunen
Pulvers über meine Backzutaten, die da tassen-
weise nach Australien dufteten.

Hätte ich das Souvenir aus dem Heiligen Lande
nur vorher gekostet! Später haben wir uns ge-
stritten, ob es nach Majoran oder mehr nach Erde
geschmeckt hat. Es kann auch eine Verwechslung
gewesen sein, vielleicht habe ich wirklich das
Glas mit der Heimaterde erwischt – o ja, ich habe
in meinem Gewürzregal ein Glas Heimaterde. Sie
ahnen ja nicht, wie das meiner Küche das gewisse
Etwas gibt. Was dem einen „die Ente vom Lehel",

das ist mir die Erde von Pommern. Allerdings: Ich fürchte, es war verblasster Pfeffer mit einem Hauch Thymian.

Nun wollte ich alle Zutaten wie gewünscht zusammenmischen, stellte jedoch fest, dass ich einen äußerst wichtigen Satz überlesen hatte: Eventuell können die Früchte vorher in Rum eingeweicht werden.

Was heißt „eventuell"! Nicht nur eventuell, das war doch ein unerlässlicher Schritt zur Krönung dieses australischen Backwerks! Und außerdem hatte ich Rum im Überfluss! Eine fast noch volle Flasche 80-prozentiger Inländer Stroh-Rum von der Tiroler Freizeit stand bei mir rum.

Das Feigen-Gummibärchen-Gemisch bekam ein 80-prozentiges Vollbad auf die Nase; und ich beschleunigte den Einweichprozess durch emsiges Rühren, bevor der Rum entwich und nur noch der Verschnitt in der Schüssel blieb. Beim Rühren ersann ich herrliche destruktive Gedichtelemente:

„… triebest das Eis empor".

Oh, das war gut. Stellen wir die Bilder einmal um:

„Knicktest den Halm, das Rohr,
höhltest die Zeit,
triebest das Eis empor,
rissest …"

Das schrieb ich erst einmal auf. Und nun die 4 Tassen Kekskrümel. Die bewahrte ich aus weihnachtlichen Tagen auf und enthielt sie den Hühnern stets vor. Krümel – das wäre doch auch … oder noch besser krümmen …

„krümmtest –
krümmtest tamtam tamtam –"
müsste sich auf „Zeit" reimen …

„Alle Zutaten mischen. Butter und Honig sehr schaumig rühren, unter die Früchte und Gewürze mengen, dann die Kekskrümel darunterkneten. Mindestens 1 Stunde kühl stellen."
Ich atmete tief durch und begann zu rühren, zu kneten, zu mengen, wobei ich bedauerte, dass das

alles sehr positive, geradezu heitere und aufbauende Tätigkeiten sind, die meinem Gedicht keinen förderlichen Einfluss zuteilwerden ließen.
Wie wäre es mit „krümmtest den Neid"?
Das war gut, weil es unbegreiflich war. Unbegreiflich gut, sozusagen. Ich schrieb es auf.
Dann schellte das Telefon, und der Vikar gab die Lieder für den Sonntagsgottesdienst durch, die ich auf meinen Gedichtszettel schrieb, weil ich so schnell keinen anderen fand:
321,1-3 (Nun danket alle Gott)
324,1-3, 7,18 (Ich singe dir)
346,1-5 (Such, wer da will)

Dann kamen die Schulkinder, der Hund hatte einen Bellanfall, drei Telefonierer musste ich bis zum Erscheinen des Pfarrers vertrösten, ein Bettler log das Blaue vom Himmel herunter, die Hühner mussten ins Bett, der Brief zum Kasten, die Schuhe geputzt werden. Zwischendurch beendete ich die Kühlphase meines Fruit Cakes und presste die Masse in eine „mit Wachspapier ausgelegte Form", bügelte vier Oberhemden, fegte die Kellertreppe und vergaß die Melodie meiner Seele, die zu einem Gedicht werden wollte.

„Brauchst du diesen Zettel hier noch?", fragte am nächsten Tag mein Mann.

„Welchen Zettel?"

„Na, den hier: 321,1–3 1 Tasse gehackte Back-pflaumen Knicktest den Halm, das Rohr 230, 1–3,7,18 1 Tasse Rosinen höhltest die Zeit …", las er.

Ich wurde rot.

„Was ist das?", fragte er. „Hört sich an wie eine moderne Übersetzung von Jeremias Klagelie-dern."

„Ach", lenkte ich ab, „schreib die Lieder für den Sonntag ab, die stehen links auf dem Rand, das andere ist nichts!"

Von wegen „ist nichts"! Den Zettel nahm ich schnell wieder an mich und steckte ihn in meine Schürzentasche. Es ist ein sehr wichtiger Zettel für mich. Er enthält 1 Frühlingsgedicht, 1 Ori-ginal Australian Fruit Cake-Rezept und die drei Lieder für den Sonntag. Ich bewahrte ihn in meiner Schürzentasche auf und dachte: schade. Diesmal wird es wieder nichts mit dem Ingeborg-Bachmann-Preis oder so. Ich bin wirklich eine Unveröffentlichte-Lyrik-Preisträgerin, aber welche Jury guckt schon in meine Schürzentasche?

Als ich den Kuchen in der Nachbargemeinde aufschnitt und an den Vorbereitungskreis verteilte, erntete ich viel Lob. Besonders freute ich mich natürlich über die Worte des Pfarrers, der mit sichtlichem Genuss das exquisite Stückchen Kuchen auf der Zunge zergehen ließ. Tief ergriffen und aufrichtig meinte er: „Mmh! Alle Achtung! Also, Ihr Kuchen, wissen Sie – der ist ja ein Gedicht!"

Australian Fruit Cake
1 Tasse gehackte Backpflaumen
1 Tasse Rosinen
1 Tasse Orangeat und Zitronat (gemischt)
1 Tasse Nüsse
½ Tasse kandierte Kirschen
½ Tasse kandierte andere Früchte (z. B. Ingwer)

2–3 Esslöffel Honig

150 g Butter oder Margarine

Vanille, Muskat, Zimt und Mixed Spice.

Eventuell können die Früchte vorher in Rum eingeweicht werden.

4 Tassen einfache Kekskrümel (Buttergebäck ist am besten).

Alle trockenen Zutaten mischen, Butter und Honig sehr schaumig rühren, unter die Früchte und Gewürze mengen, dann die Kekskrümel darunterkneten. Mindestens 1 Stunde kühl stellen, dann in eine mit Backpapier ausgelegte Form pressen, 24 Stunden stehen lassen. Nach Geschmack mit Zuckerguss überziehen.

Barbara Seuffert

Bäume

Bäume sind für mich immer die eindring-lichsten Prediger gewesen. Ich verehre sie, wenn sie in Völkern und Familien leben, in Wäldern und Hainen. Und noch mehr verehre ich sie, wenn sie einzeln stehen. Sie sind wie Einsame. Nicht wie Einsiedler, welche aus irgendeiner Schwäche sich davongestohlen haben, sondern wie große, vereinsamte Menschen, wie Beethoven und Nietzsche. In ihren Wipfeln rauscht die Welt, ihre Wurzeln ruhen im Unendlichen; sie allein verlieren sich nicht darin, sondern erstreben mit aller Kraft ihres Lebens nur das eine: ihr eigenes, in ihnen wohnendes Gesetz zu erfüllen, ihre eigene Gestalt auszubauen, sich selbst darzustellen. Nichts ist heiliger, nichts ist vorbildlicher als ein schöner, starker Baum. Wenn ein Baum umgesägt worden ist und seine nackte Todeswunde der Sonne zeigt, dann kann man auf der lichten Scheibe seines Stumpfes und Grabmals

seine ganze Geschichte lesen: In den Jahresrin-
gen und Verwachsungen steht aller Kampf, alles
Leid, alle Krankheit, alles Glück und Gedeihen
treu geschrieben, schmale Jahre und üppige Jahre,
überstandene Angriffe, überdauerte Stürme. Und
jeder Bauernjunge weiß, dass das härteste und
edelste Holz die engsten Ringe hat, dass hoch
auf Bergen und in immerwährender Gefahr die
unzerstörbarsten, kraftvollsten, vorbildlichsten
Stämme wachsen.

Bäume sind Heiligtümer. Wer mit ihnen zu sprechen, wer ihnen zuzuhören weiß, der erfährt die
Wahrheit. Sie predigen nicht Lehren und Rezep-
te, sie predigen, um das einzelne unbekümmert,
das Urgesetz des Lebens.

Ein Baum spricht: In mir ist ein Kern, ein Fun-
ke, ein Gedanke verborgen, ich bin Leben vom
ewigen Leben. Einmalig ist der Versuch und Wurf,
den die ewige Mutter mit mir gewagt hat, einmalig ist meine Gestalt und das Geäder meiner
Haut, einmalig das kleinste Blätterspiel meines
Wipfels und die kleinste Narbe meiner Rinde.
Mein Amt ist, im ausgeprägten Einmaligen das

Ewige zu gestalten und zu zeigen. Ein Baum spricht: Meine Kraft ist das Vertrauen. Ich weiß nichts von meinen Vätern, ich weiß nichts von den tausend Kindern, die in jedem Jahr aus mir entstehen. Ich lebe das Geheimnis meines Samens zu Ende, nichts anderes ist meine Sorge. Ich vertraue, dass Gott in mir ist. Ich vertraue, dass meine Aufgabe heilig ist. Aus diesem Vertrauen lebe ich. Wenn wir traurig sind und das Leben nicht mehr gut ertragen können, dann kann ein Baum zu uns sprechen: Sei still! Sei still! Sieh mich an! Leben ist nicht leicht, Leben ist nicht schwer. Das sind Kindergedanken. Lass Gott in dir reden, so schweigen sie. Du bangst, weil dich dein Weg von der Mutter und Heimat wegführt. Heimat ist nicht da oder dort. Heimat ist in dir innen, oder nirgends.

Wandersehnsucht reißt mir am Herzen, wenn ich Bäume höre, die abends im Wind rauschen. Hört man still und lange zu, so zeigt auch die Wandersehnsucht ihren Kern und Sinn. Sie ist nicht Fortlaufenwollen vor dem Leide, wie es schien. Sie ist Sehnsucht nach Heimat, nach Gedächtnis der

Mutter, nach neuen Gleichnissen des Lebens. Sie führt nach Hause. Jeder Weg führt nach Hause, jeder Schritt ist Geburt, jeder Schritt ist Tod, jedes Grab ist Mutter.

So rauscht der Baum im Abend, wenn wir Angst vor unseren eigenen Kindergedanken haben. Bäume haben lange Gedanken, langatmige und ruhige, wie sie ein längeres Leben haben als wir. Sie sind weiser als wir, solange wir nicht auf sie hören. Aber wenn wir gelernt haben, die Bäume anzuhören, dann gewinnt gerade die Kürze und Schnelligkeit und Kinderhast unserer Gedanken eine Freudigkeit ohnegleichen. Wer gelernt hat, Bäumen zuzuhören, begehrt nicht mehr, ein Baum zu sein. Er begehrt nichts zu sein als was er ist. Das ist Heimat. Das ist Glück.

Hermann Hesse

Birken

Zuweilen kehren die Erdbewohner, die wir Bäume nennen, ihre Eigenheiten besonders deutlich hervor. Es kommt auf die Stellung des Lichts an. Das Licht aber hängt von der Jahreszeit, die Jahreszeit von der Erdlage und die Erdlage von den sich wandelnden Verhältnissen im Weltraum ab: So kommen alle Dinge auf Erden zu IHRER STUNDE.

Gestern hatten die Birken ihre Stunde; eine Reihe hundertjähriger stand an einem zerfahrenen Feldweg vor einem enzianblauen Märzhimmel. Der Schnee auf den Feldern war verharrscht und reflektierte das Sonnenlicht. Die Hundertjährigen agierten bei Ober- und Rampenlicht, wie man auf dem Theater sagen würde. Ihre hängenden Haarzweige bewegten sich im Felderwind, und ihre Rinden waren borkig wie altes Gebäck, mehr schwarz und grau als weiß. Sie waren Grenzbäume zwischen Weg und Feld und hatten lebenslang Raum genug auszuladen und sich zu breiten. Sie mussten sich breit tun der Ostwinde wegen, die im Winter an ihnen zausen. Jede Birke war dort ein Charakter, doch nicht charakteristisch für ihre Art.

Anders ihre Schwestern, die, zu einem Birkenwäldchen vereinigt, in einen alten Kieferwald gebettet, am Seerand standen. Während es unter den Kiefern dunkel und moosdüster war, war's unter den Birken sauber und hell wie in einer gut geputzten Stube, in der die Halbwüchsigen wie Mädchen in weißen Kleidern standen. Sie sah'n auf den See mit den rungsig redenden Bauerngänsen hinunter und tuschelten einander – auch das wie Mädchen – bei jedem Windstoß Geheimnisse zu. Ihre Rinden waren von steigenden Säften belebt. Sie glänzten birkenheiter in den Tag.

Hinten am Hang lag eine vom Wind gebrochene Birkengroßmutter am Boden, und wenn der Fallwind herniederstieß, ächzten ihre Äste. Ihre Rindenröcke wellten und pellten sich, zeigten die zimtbraunen Unterseiten, währen die dünneren Zweige noch glänzten. Und die Alte reckte sie der Sonne hin, als erhoffte sie, mithilfe dieser jugendlichen Reiser vom kraftweckenden Licht noch einmal ins Leben gerissen zu werden.

Erwin Strittmatter

Der Pfirsichbaum

*H*eut Nacht ging der Föhn gewaltig und erbarmungslos über das geduldige Land, über die leeren Felder und Gärten, durch die dürren Reben und den kahlen Wald, zerrte an jedem Ast und Stamm, heulte fauchend vor jedem Hindernis, klapperte knöchern im Feigenbaum und trieb die Wolken welken Laubes in Wirbeln bis in alle Höhen. Sauber, in große Haufen hingestrichen, lag es am Morgen, platt gedrückt und geduckt, hinter jeder Ecke und jedem Mauervorsprung, die einen Windschutz boten.

Und als ich in den Garten kam, war ein Unglück geschehen. Der größte von meinen Pfirsichbäumen lag am Boden, nahe über der Erde abgebrochen und über die steile Böschung des Rebbergs hinabgestürzt. Sie werden ja nicht sehr alt, diese Bäume, und gehören nicht zu den Riesen und Helden, sie sind zart und anfällig, gegen Verletzungen überempfindlich, ihr harziger Saft hat etwas von altem, überzüchtetem Adelsblut. Es war kein besonders edler oder schöner Baum, der da gefallen war, aber er war eben doch der größte meiner Pfirsichbäume gewesen, ein alter Bekannter und Freund, schon länger als ich auf diesem Grundstück heimisch. Jedes Jahr hatte er bald nach der Mitte des März seine Knospen geöffnet und seine rosig blühende, schaumige Krone kraftvoll vom Blau des Schönwetterhimmels und unendlich zart vom Grau eines Regenhimmels abgehoben, hatte in den launigen Böen frischer Apriltage geschaukelt, durchflogen von den goldenen Flammen der Zitronenfalter, hatte sich gegen den bösen Föhn gestemmt, war still und wie träumerisch im nassen Grau der Regenzeiten gestanden, leicht gebeugt zu seinen Füßen niederblickend, wo mit jedem Regentag das Gras der steilen Rebhänge grüner und fetter wurde. Manchmal hatte ich einen kleinen blühenden Zweig von ihm mit ins Haus und Zimmer genommen, manchmal ihm zur Zeit, wo die Früchte schwer zu werden begannen, mit einer Stütze geholfen, manchmal auch hatte ich in frühern Jahren, frech genug, ihn in seiner Blütezeit zu malen versucht. In allen Jahreszeiten hatte er dagestanden, seinen Ort in meiner kleinen Welt gehabt und mit dazugehört, hatte Hitze und Schnee, Sturm und Stille miterlebt, hatte seinen Ton zum Liede, seinen Klang zum Bilde beigetragen, war allmählich hoch über die Rebenpfähle hinausgewachsen und hatte Generationen von Eidechsen, Schlangen, Schmetterlingen und Vögeln überdauert. Er war nicht ausgezeichnet, nicht besonders beachtet, aber unentbehrlich gewesen. Zur Zeit der beginnenden Reife hatte ich jeden Morgen den kleinen Abstecher vom Treppenwegchen zu ihm hinüber gemacht, die in der Nacht gefallenen Pfirsiche aus dem feuchten Grase gelesen und sie in der Tasche, im Korb oder auch im Hut mit zum Hause hinaufgebracht und auf die Terrassenbrüstung an die Sonne gelegt.

Nun war am Ort, der diesem alten Bekannten und Freund gehört hatte, ein Loch entstanden, die kleine Welt hatte einen Riss, durch den das Leere, das Finstre, der Tod, das Grauen hereinblickte. Traurig lag der gebrochene Stamm, das Stammholz sah mürbe und etwas schwammig aus, die Äste waren im Sturz geknickt, in zwei Wochen vielleicht hätten sie wieder einmal ihre rosenrote Frühlingskrone getragen und den blauen oder grauen Himmeln entgegengehalten. Nie mehr würde ich einen Zweig, nie mehr eine Frucht von ihm pflücken, nie mehr die eigenwillige und etwas fantastische Struktur einer Verästelung nachzuzeichnen versuchen, nie mehr am heißen Sommermittag vom Treppenweg zu ihm hinübergehen, um einen Augenblick in seinem dünnen Schatten zu rasten. Ich rief Lorenzo, den Gärtner, und wies ihn an, den Gestürzten zum Stall zu tragen. Da würde er am nächsten Regentag, wenn es gerade keine andre Arbeit gab, zu Brennholz zersägt werden. Unmutig sah ich ihm nach. Ach, dass auch auf Bäume kein Verlass ist, dass auch sie einem abhandenkommen, einem wegsterben, einen eines Tages im Stich lassen und ins große Dunkel hinüber verschwinden können! Ich sah Lorenzo nach, der schwer an dem Stamm zu schleppen hatte. Leb wohl, mein lieber Pfirsichbaum! Wenigstens bist du, und dafür preise ich dich glücklich, einen anständigen, einen natürlichen und richtigen Tod gestorben, hast dich gestemmt und gehalten, bis es nicht mehr ging und dir der große Feind die Glieder aus den Gelenken drehte. Du hast nachgeben müssen, bist gestürzt und von deiner Wurzel getrennt worden. Aber du bist nicht von Fliegerbomben zersplittert, nicht von teuflischen Säuren verbrannt, nicht wie Millionen aus der heimatlichen Erde gerissen, mit blutenden Wurzeln wieder flüchtig eingepflanzt und bald aufs Neue gepackt und heimatlos gemacht worden, du hast nicht Untergang und Zerstörung, Krieg und Schändung um dich her erleben und im Elend absterben müssen. Du hast ein Schicksal gehabt, wie es deinesgleichen zukommt und ansteht. Dafür preise ich dich glücklich; du bist besser und schöner alt geworden und bist würdiger gestorben als wir, die wir uns in unsern alten Tagen gegen das Gift und Elend einer verpesteten Welt zu wehren haben und jeden Atemzug sauberer Luft der ringsum fressenden Verderbnis abkämpfen müssen.

Als ich den Baum hatte liegen sehen, hatte ich wie immer bei einem solchen Verluste an Ersatz gedacht, an Neupflanzen. An der Stelle des Gestürzten würden wir ein Loch graben und es eine gute Weile offen stehen lassen, der Luft, dem Regen und der Sonne ausgesetzt, in das Loch würden wir mit der Zeit etwas Mist, etwas Dung vom Unkrauthaufen, und allerlei mit Holzasche gemischte Abfälle tun, und dann eines Tages, womöglich bei einem sanften lauen Regen, ein neues, junges Bäumchen pflanzen. Es würde auch diesem Jungen, diesem Baumkind, Erde und Luft hier leidlich behagen, auch es würde zum Kameraden und guten Nachbarn der Reben, der Blumen, der Eidechsen, der Vögel und der Schmetterlinge werden, würde in ein paar Jahren Früchte tragen, würde jeden Frühling in der zweiten Hälfte des März seine lieben Blüten treiben und, wenn das Schicksal ihm wohlwollte, einmal als ein alter müdgewordener Baum irgendeinem Sturm oder Erdrutsch oder Schneedruck zum Opfer fallen.

Aber ich konnte mich diesmal nicht zum Nachpflanzen entschließen. Ich hatte ziemlich viele Bäume in meinem Leben gepflanzt, es kam auf den einen nicht an. Und es wehrte sich etwas in mir dagegen, auch hier und diesmal wieder den Kreislauf zu erneuern, das Rad des Lebens aufs Neue anzutreiben, dem gefräßigen Tode eine neue Beute heranzuzüchten. Ich mochte nicht. Die Stelle soll leer bleiben.

Hermann Hesse

Textnachweis:

Schalom Ben-Chorin, Freunde, dass der Mandelzweig, Text (nach Jer 1,11):
Schalom Ben-Chorin © 1942 SCM Hänssler, Holzgerlingen

Christine Brückner, Der Frühling kommt aus Cadiz und Blaue Hyazinthen,
aus: Christine Brückner: Alles Gute von Christine Brückner. Erzählungen
© 1995 Ullstein Buchverlag GmbH, Berlin

Eva Demski, Florale Sozialfälle © Alle Rechte bei der Autorin

Hermann Hesse, Textauszug aus „Bäume", in: ders., Sämtliche Werke in 20
Bänden. Herausgegeben von Volker Michels, Band 11: Autobiographische
Schriften 1, S. 20. © Suhrkamp Verlag Frankfurt am Main 2003. Alle Rech-
te bei und vorbehalten durch Suhrkamp Verlag Berlin.

Hermann Hesse, „Der Pfirsichbaum", aus: Hermann Hesse, Sämtliche Werke
in 20 Bänden. Herausgegeben von Volker Michels. Band 14: Betrachtungen
und Berichte 1927–1961 © Suhrkamp Verlag Frankfurt am Main 2003.
Alle Rechte bei und vorbehalten durch Suhrkamp Verlag Berlin.

Rolf Krenzer, Als Jesus gestorben war © Rolf Krenzer Erben, Dillenburg

Barbara Seuffert, Das Frühlingsgedicht © Alle Rechte bei Hagen Seuffert

Erwin Strittmatter, Birken, aus: Erwin Strittmatter. 3/4 Hundert Kleinge-
schichten. © Aufbau Verlag GmbH & Co. KG, Berlin 1971, 2008

Robert Walser, „Grün", aus: Robert Walser, Sämtliche Werke in Einzelausga-
ben. Herausgegeben von Jochen Greven. Band 16: Träumen. Mit freundli-
cher Genehmigung der Robert Walser-Stiftung, Bern. © Suhrkamp Verlag
Zürich 1978 und 1985.

Rudolf Otto Wiemer, Gebt zu, ihr habt geschlafen, aus: Rudolf Otto Wiemer,
Er schrieb auf die Erde, Herder Verlag, Freiburg 1979, © Rudolf Otto Wiemer Erben, Hildesheim

Wilhelm Willms, alle knospen springen auf, aus: ders., Alle Nächte werden
hell © 1991 Butzon & Bercker GmbH, Kevelaer, S. 20 f., www.bube.de

Wir danken allen Inhabern von Textrechten für die Abdruckerlaubnis. Der
Verlag hat sich bemüht, alle Rechteinhaber in Erfahrung zu bringen. Für zu-
sätzliche Hinweise sind wir dankbar.